エレクトス・ウイルス 上

グザヴィエ・ミュレール

伊藤直子訳

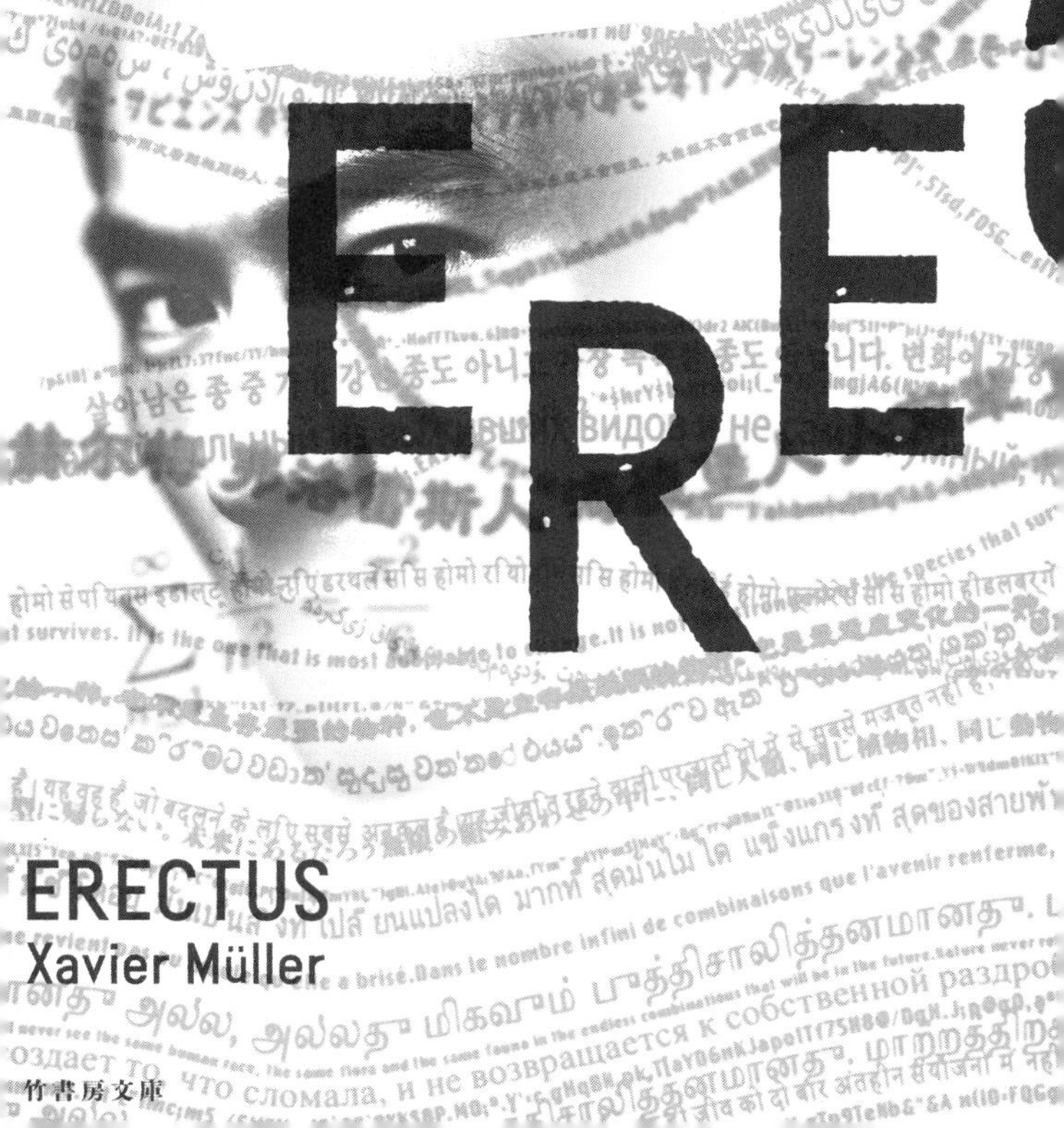

ERECTUS

Xavier Müller

竹書房文庫

ロランスへ――

自然はうしろに戻らない。自然は壊したものを再びつくらず、自ら砕いた鋳型に帰らない。未来にあるだろう無限の組みあわせの中に、同じ人類、同じ植物相、同じ動物相を二度見ることはない。

エドガール・キネ　一八七〇年（『La Création』フランス人歴史哲学者・思想家）

エレクトス・ウイルス　上

登場人物

アンナ・ムニエ……………パリ国立自然史博物館所属の古生物学者
ヤン・ルベル………………海洋生物学者。アンナの恋人
ルーカス・カルヴァーリョ……世界保健機構所属の生物学者
ステファン・ゴードン………世界保健機構の感染症対策本部長
マーガレット・クリスティー……世界保健機構事務局長
ニコラ・バランスキー………パリ国立自然史博物館館長
マーク・アントネッティ………フランス軍軍医総監。ステファンの旧友
ダニー・アビケール…………クルーガー国立公園のシェルター責任者
カイル・アビケール…………ダニーの孫
メアリー・アビケール………ダニーの娘
キャシー・クラップ…………「人獣共通感染症」研究ユニットのリーダー
マイク・ジョーンズ…………キャシーの助手
アクセル・カッサード…………『サイエンス&ネイチャー』編集長
ペトルス＝ジャコバス・ウィレムス……新型ウイルス感染者第一号

プロローグ

六月十三日
南アフリカ
ムプマランガ州

警備員のペトルス＝ジャコバス・ウィレムスは、獰猛《どうもう》な性質で知られるボーアボール犬を従え、その日最後の巡回に出ようとしていた。シャカと名づけられたその犬はウィレムスの飼い犬で、彼が相棒代わりに職場へ連れてきているのだ。

と、その時、いきなり警報機が作動し、サイレンがけだるい夏の空気を引き裂いてけたたましく鳴り響いた。シャカが体勢を低くして、激しく吠える。ボーアボール犬はぶるっと体を痙攣《けいれん》させると、どうしたわけかいつものように敵に向かっていかず、うしろに下がった。ウィレムスは短くリードを引いてシャカを服従させた。

周囲に目を走らせると、二階の窓の向こうで赤い光が激しく点滅している。

（緊急事態だ……）

ウィレムスは足を止めたまま確信した。半年前にここで働きはじめてから初めての経験であり、一気に緊張が高まった。緊急時の指示は徹底されている。

《スタッフが建物から退去したあとは中に入ってはならない。入り口の扉が閉まっていることを確認し、ゲートを施錠して立ち去ること》

いきなり、その入り口の扉が開き、研究員らしき男性三人が飛びだしてきた。全員白衣を着用し、防護マスクで顔を覆っている。彼らはウィレムスに一瞥もくれず、そのまま研究施設の裏手にある駐車場に走っていった。続いて女性の研究員もひとり現れ、泣きじゃくっている。ウィレムスは彼女を怯えさせないよう、静かに近寄って声をかけた。

「大丈夫ですか？　手をお貸ししましょうか？」

彼女は首を横に振り、酸素が切れたようにあえいでいる。ゲートがゆっくり開く気配とともに鉄がひしゃげる音がして、ウィレムスは思わずそちらへ顔を向けた。慌てるあまり、男たちが運転する車三台のうちの二台が衝突したのだ。

（ばかじゃないのか？）

警備員は呆れて天を仰ぎ、また女性に声をかけようとしたが、彼女はすでにほこりまみれのフォードに向かって駆けだしていた。

フォードが去ったあと、木陰にはまだ二台の車が残っていた。そのうちの一台は、〝特殊任務〟のためにウィレムスがただ同然で手に入れたピックアップトラックだ。シャカが嫌がって軽く跳ねたので、彼はまたリードを引き、犬を連れて建物に向かった。入り口から、今度は博士が出てきた。土気色の顔をして、血走った目を見開いている。この半年間、ウィレムスが自分から話しかけたことはほぼなかったが、責任者が博士である以上、不測の事態においては彼に指示を仰ぐしかない。

「いったい何があったんですか？」ウィレムスは尋ねた。

「いいから、ここを閉鎖して逃げなさい」

「アンドリーはどうします？　私があいつを待ちますか？」

もうひとりの同僚のアンドリー・ジュベールは、無口で時間に几帳面な男だ。

「その必要はない。ゲートを見ればわかるはずだ。私が彼に電話をしてやってもいい。きみは逃げなさい」

「サイレンは？　鳴らしっぱなしですか？」

「くそっ、音は勝手に止まる！　とっとと逃げろ！」

博士は高級オープンカーに駆け込むや車を急発進させ、ウィレムスとシャカを砂ぼこりまみれにして立ち去った。

相変わらず、耳をつんざくサイレンが続いている。それでも多少は慣れてきたような気がした。ウィレムスは「とっとと逃げろ、だとさ」とつぶやいた。もとからいけ好かない野郎だったのだ……。

ふと、入り口を見ると、鋼鉄製の扉が開いたままになっている。開錠には暗証番号が必要となる特殊な扉であり、ウィレムスはその番号を教えられていない。こんなふうに扉が開いていること自体、この半年のうちで初めてだった。いや、おそらく一度切りのチャンスだ。それでも彼が迷っているうちに、シャカは落ち着きを取り戻しているようだった。

（何を恐れることがある？）

ウィレムスは考えなおした。研究施設は人里離れた場所に建っている。警備員は自分とアンドリーのふたりしかおらず、アンドリーに誰からも連絡がいかなかったとしても、彼が出勤してくる時間までにはまだ三十分以上はある。こんなチャンスは、もうおいそれとは訪れないだろう。

念入りにもう一度あたりを確かめ、ウィレムスは中に入ることを決めた。シャカがすぐうしろについてきているが、特にためらっている様子はない。

「いい子にしてろよ。中を確かめたらさっさとずらかろう」

入り口を抜けて白いタイル張りの廊下を進んでいくと、ふいに動物の鳴き声が聞こえた。鋭い声が響くたびに、壁が揺さぶられるような衝撃が走る。けたたましいサイレンと重なり、音の暴力で空気さえ震えているようだ。ウィレムスは、「外に戻ったほうがいいんだろうな」とつぶやきながら奥に向かった。とはいえ、ここまで来たらもう戻るつもりはない。建物の中に何らかの動物がいることはわかっていた。自分が見ただけでも、これまでに六回の搬入があったからだ。その動物がいる場所を教えてもらえると思えば、鳴き声もそれなりに役に立つ。

自然と足が速まり、いやがおうにも神経がたかぶる。やはりこれは願ってもないチャンスだった。うまくいったらリッチなバカンスを楽しむのもいいし、ハンター仲間のガスが持っているような、新しい銃を手に入れてもいい。ウィレムスはなぜか、飼い犬がいてくれるだけで先に進める気がした。シャカはボーアボール犬らしく、地獄の果てまでついてくるだろう。一緒なら怖いものは何もない。

廊下の突き当たりに扉があった。研究員たちは、ここの扉も開けっぱなしにして出ていったらしい。がっしりとした扉には、マグネットキーと、危険を知らせる黒と黄色の印がついている。その扉を抜けて階段を上がり、鳴き声がする部屋に近づくにつれて、ムスクの臭いが漂ってきた。そしてついに、動物のいる部屋にたどりついた。その奥にも部屋が続き、同じく大きく開いた扉からスチール製の階段が見える。

手前の部屋には、二十匹ほどのサルが個々のケージに入れられていた。ノドジロオマキザル、テナガザル、ヒヒ、三匹のベルベットモンキー……。どれもこれも、恐ろしさのあまり怒っているように見える。なんと、チンパンジーの姿まであった。もちろんチンパンジーを検体にした実験は禁止されている。だが、法などどうにでもなるのだ。

　ウィレムスはプロの目で観察してから、チンパンジーに近づいた。この個体だけ鳴き声をあげていなかったので、それが選択の決め手になった。万全を期すならば、車に戻って網やカゴを持ってくるべきだが、そんな時間はありそうにない。彼は上着のポケットをまさぐり、常に持ち歩いているグローブを取りだした。こいつは革が厚く、嚙まれても怪我をせずにすむ。

　ケージには簡単な留め金がかかっている。ウィレムスは慎重に扉を開けた。チンパンジーはどことなく呆けた様子でこちらを見ている。おそらく鎮静剤を打たれたのだろう。彼はケージの中に手を入れて、チンパンジーを自分のほうにそっと引っぱりはじめた。と、その時、突然チンパンジーが覚醒し、ウィレムスを突きとばしてケージの外に飛びだした。そのままタイル張りの床に着地し、犬がいることに気づいて固まっている。シャカが低くうなり、体を丸めて威嚇《いかく》した。

「だめだシャカ、座れ！」

　シャカは命令を聞かず、チンパンジーの前から動かない。チンパンジーは立ち上がり、激しく揺れながらけたたましく吠える。

　そのあとは一瞬だった。チンパンジーがシャカに襲いかかり、シャカが怒りの咆哮《ほうこう》をあげる。ウィレムスが間に割って入るすきもなかった。

「くそっ！　シャカを嚙みやがったな！」

チンパンジーはすでにスチールラックの上にいた。ヒステリックな鳴き声が部屋中に響きわたる。いつの間にか、サイレンが鳴りやんでいた。ようやくそれに気づいたウィレムスが周囲を見回すと、ケージの中にいるサルたちも鳴きやみ、目の前の対決に魅了されたかのようにこちらをじっと見ている。

騒ぎがおさまった以上は、手ぶらで出ていけるわけがない。ウィレムスは逃げたチンパンジーを諦めて、ターゲットをおとなしそうなノドジロオマキザルに変更した。危害を加えなければチンパンジーはじっとしているだろうから、その間にノドジロオマキザルをつかまえればいいのだ。それに、売る手間はこっちのほうが少なくてすむ。

ウィレムスはチンパンジーがいるスチールラックを横目で確認しつつ、見たところは問題がなさそうなノドジロオマキザルのオスを選んで、ケージを開けて慎重に外に出す。サルは体を丸め、上着のたるみに小さな頭を押しつけてきた。

「よし、出るぞ！」

シャカに異論があるはずはなく、すぐにでも出ていきたそうにくんくん鳴いている。

ウィレムスは鋼鉄製の扉を確実に閉めて、マグネットキーがカチッと音を立てたのを確認した。あとは、残ったサルとチンパンジーが好きなようにやってくれるだろう。

犬が先に行き、ウィレムスがあとについて出口に走った。長い廊下は陰鬱《いんうつ》に静まり返り、うるさかった時よりも気味が悪い。こんなチャンスにノドジロオマキザル一匹しか手に入らないとは……。騒ぎがなければもっとじっくり見てまわれただろう。爬虫類もいたかもしれない。あっちのほうが売りさばくのは楽なのだ。

外に出た瞬間、ほっとするあまり気が抜けて、立ちどまって息を整えなければならなかった。シャカも全身をぶるっと震わせると、駐車場のほうを向いて、早くここから出たいと焦れたように吠えている。ウィレムスは、あとでシャカの傷を見てやらなければと考えた。サルにも狂犬病の可能性はある。研究施設のチンパンジーであればその危険性は低いはずだが、サルの噛み傷は重症化することがあるのだ。チンパンジーにとっては、怯えるあまりの威嚇だったのだろうが……。

ノドジロオマキザルをカゴに入れ、シャカをピックアップトラックの荷台に乗せると、ウィレムスは建物の入り口に戻った。それから指示通りに、暗証番号のいらない特殊キーで扉を施錠した。そう言えば博士は、警備員はひとりではなくふたり欲しいと言っていた。あれは、どうしてだったのだろうか。あんな大げさな扉とマグネットキーで守られているわりには、たいしたものがあるようには見えなかった。もっとも、これほどの騒ぎになれば数日は休みになり、その間にサルを売りはらってしまえそうだ。おそらく次の船便に載せられるだろう。自分が盗んだとは誰も思うまい……。

その時、建物の中から何かが倒れるような騒々しい音が聞こえた。例のスチールラックだろうか？　中からいっせいに甲高い鳴き声がして、近くにいたトリのつがいが怯えたようにバサバサと飛びたった。チンパンジーが仲間を助けるためにケージを落として鍵を開けたのかもしれないが……それこそ知ったことではない。

ウィレムスは車を発進させた。急に、一刻も早く家に帰りたくなった。ビールを飲んだらシャカの手当てをしなければならない。いや、先に手当てをしてやるか……。

一章　兆候

一

七月十日
南アフリカ
プレトリア

週末を利用した旅行の準備を始めたところで、キャシー・クラッブは作業台の上にある小包に気づいた。荷物をまとめている間に誰かが置いていったのだろう。キャシーはむっとして、ため息をついた。受付に置いておけなかったとしても、誰かほかの研究者に頼んでもいいはずだ。このところずっと、太陽を見る間もなく働いているのに、やっと帰れると思ったら仕事を押しつけられるなんて……。

キャシーは人獣共通感染症の研究ユニットを率いるリーダーで、ワーカホリックの気《け》があることは本人も自覚していた。四十歳を過ぎ、背が高くスポーツが好きで、見た目を裏切らないバイタリティあふれる有能な女性だ。それはラボの誰もが認めていて、緊急の業務があれば彼女に割り振られてしまう。だが、今回ばかりは譲れなかった。検査は旅行から戻るまで待ってもらうしかない。キャシーは小包を持ち上げると、分析待ちの素材が入っている冷蔵庫に突っ込み、どうだといわんばかりの顔で扉を閉めた。誰が何と言おうと、明日からバカンスなのだ！　キャシーは明日の朝一番に空港を飛びたつ予定だった。目的地は、南アフリカ共和国の南東部にあるドラケンスバーグ山脈。海岸線に平行して連なる、あの見事な山々に向かうのだ。

それでも彼女は、ラボを発つ前に実験動物飼育場に行って、助手のマイク・ジョーンズの顔を見てから帰ろうと思いついた。ついでに、バカンスに入ることを念のために伝えておいたほうがいい。マイクは掘り出し物だった。自分と同じくらいの働き者で、異色の経歴にしては非常に見どころがある。この数カ月のうちに、助手と言いながらも、飼育員から秘書の仕事まで何でもこなす便利屋になってくれた。

飼育場に入ると、ちょうどヒヒたちが餌を食べおえたところで、鼓膜をつんざく鋭い鳴き声に迎えられた。普段ならキャシーは実験動物に注意を払わない。それが、ふと方針を変えてみたくなった。並んでいるケージを見ると、それぞれの扉の上に札がかけられ、各個体の血液に移植された病原体の内容が記されている。なんとなく、メスのケージの札を読んだ。

マイクがわずかにキャシーを見て、〈カンジ〉と名づけられたテナガザルの世話に戻った。カンジは彼のお気に入りで、全身が黒い毛で覆われているのに、首だけ人間の髭のように立派な白い毛で囲まれている。

「マイク、そろそろ行くわね。携帯電話は持っていかないから。何かあったらボブに言ってちょうだい。じゃあ、あとはよろしく」

「いない間に感染症が発生したらどうしますか？」マイクは冗談めかして言った。

「あなたに全部まかせるけど、新種のエボラ熱なんて発見しないでちょうだいね。わたしは津波が来ても、ノーベル賞をあげると言われても、戻ってきません！　インターネットの世界から離れて、トレッキングに行くと決めたの。これだけは絶対に譲れないわ！」

「大丈夫ですよ。ここのラボで休むべき人は、間違いなく先生ですから。それより、出発する前にこいつをちょっと見てやってください」

マイクはテナガザルをケージに戻して扉を閉めると、柵越しにボールペンを渡した。そのまま、興奮を押し殺してじっと中を見ている。税関の動物担当局に保護されたカンジは、個人宅で飼われていたせいか、十分な社会性が身についていた。本来は、こんなモルモットだらけの場所にいるべき動物ではないと思いながらも、マイクは自分の意見を言うことを控えた。この職場でそんな感情的な意見は受け入れてもらえない。しかも最近は、動物愛護の活動家があちこちの研究施設に潜入してビデオカメラを回し、その映像をウェブ上でバズらせようと躍起になっている。彼らの仲間だと思われてはたまったものではない。

と、カンジが慣れた手つきでボールペンを使って掛け金を外し、ケージの扉を押しあけた。外に出て、マイクに手を差しだして褒美《ほうび》のバナナを受けとる。それから、神妙な顔でバナナの皮を剝きはじめた。

「あんまりいいことだとは思えないわ、マイク。逃げたらどうするつもり？」

「そろそろ……こいつにも実験の順番が回ってくるんでしょう？」

「そうね、でもそういう問題じゃないの。実験動物をかわいがることについて、わたしがどう思っているか知っているわよね」

「はい。でも……カンジは特別だと思いませんか？」

「いいえ、そうは思わない」

マイクは重ねて主張することを避けた。ボスはある程度までは笑ってやりすごしてくれる。もちろん、規則を軽視しない範囲内で。彼はすぐにカンジをケージの中に戻して、かんぬきを差し、チェーンをかけた。

「これでよし、と。そうだ、さっき受付に面会人が来ていましたよ」

すでにほかのことを考えていたキャシーは形式的に尋ねた。

「あらそう、誰かしら？」

「ダニー・アビケールです。あの爺さんが先生に会いたがっていました」

「ダニー・アビケール？　クルーガー国立公園でシェルターの責任者をやっている？」

「ええ、そうです」

「なぜ会いにきたの？」

「血液サンプルを持ってきたんです」

「ああ、もうっ！　わたしの作業台に小包を置いたのはあなたね？」

「はい。だめだったんですよね。でも正直に言うと、先生がバカンスに出ることを忘れていました。そのくらい、先生が働き詰めということじゃないですか？」

「まあいいわ、犯人があなたでよかったわよ。それで、ダニーじゃ手におえないくらいシェルターの動物の具合が悪いということ？」

「はい」

「詳しい説明はあった？」

「いいえ」

すぐに帰りたいという思いと病的な研究魂のはざまで揺れた結果、キャシーは血液サンプルが緊急案件であると判断した。ダニー・アビケールは、〈ワイルドライフセンター〉

と名前のついたクルーガー国立公園のシェルターで、素晴らしい働きぶりを見せている。その彼が持ってきたものを、最低限の検査もせずにほったらかしにすることはできない。

「わかった。それだけは見てから帰るわ」

「すいません、お引き止めするつもりはなかったんです」

「わかってるわよ。せいぜい三十分もあれば終わるから大丈夫」

マイクは足早に研究室へ戻っていくキャシーを見送りながら、改めて、彼女とともに働けることを感謝した。研究の世界に足を踏みいれて以来、彼女はもっとも多くの知識を自分に与えてくれた人物であり、また、自分のすべてを捧げたいと思える人物だった。有能な研究者として認められながら、経験を分けあうことを厭わない。これこそは、誰にでもできることではないだろう。そう、彼女のそばにいられることこそが素晴らしいチャンスといえた。


キャシーはダニー・アビケールが持ってきた発砲スチロールの箱を開けた。中には、二本の血液サンプル、手書きのメモ、封筒が入っていた。

『キャシー、分析をお願いできますか？　これはゾウの血液サンプルです。現在、非常に具合が悪く、解剖学的異常に苦しんでいます。見たらわかると思いますが、私もこんな病症は経験がありません。
追伸：シェルターから数キロ離れた場所で娘がロッジを経営しています。こちらに来てくださるなら、いつでも部屋をご用意できますよ』

封筒には、罹患《りかん》した子ゾウの写真が何枚も入っていた。明らかに様子がおかしい。写真の子ゾウには牙が四本あった。通常二本ある牙の下に、もう一組の短い牙が下唇から垂れている。いや、これは単純に遺伝上の奇形かもしれない――最初の驚きが落ち着くと、キャシーはそう結論づけた。むしろ、皮膚のあちこちに走る化膿した傷のほうが痛々しい。病変から考えられる病名を思いうかべてみる。ウイルス性出血熱だろうか？　だが、動物への感染は極めてまれで、感染した場合も皮膚の細胞はどろどろのピュレ状になる。その最たるものがエボラ熱やラッサ熱だが、たいていは数日で死にいたる。

キャシーは不吉な予感をひとまず頭から振りはらい、細心の注意を払って箱から血液サンプルを取りだすと、血液培養に取りかかった。結論を焦ってもしかたがない。子ゾウは皮膚の異常のほかに、何かしらの軽度な症状が出ている可能性がある。いずれにせよダニーは素人ではないのだから、すでに子ゾウは隔離されているとみていいだろう。

作業はとどこおりなく終わった。マイクにその後の指示を出すため、キャシーは実験動物飼育場に戻った。

「ダニー・アビケールの血液サンプルを培養にかけたわ。あなたはＤＮＡウイルスと抗体を探して、サルでテストを始めてちょうだい。わたしが戻ったら結果を見てみましょう」

マイクは何も答えずにうつむいていた。ため息が泣き声のように聞こえる。

「どうしたの？　何かまずいことがある？」

「いえ、ただ……」

そう言いかけてからカンジのケージをちらっと見た。

「ほかの子はみんなテストを受けています。残っているのはあいつだけだから……」

「ほら、これでわたしがあんなふうに言っていたわけがわかったでしょう？　ここではね、霊長類をかわいがる贅沢は許されてないの。ちゃんと面倒をみて、できる限り苦しまないようにしてあげたらいい。でも、あなたはテナガザルをお気に入りにしてしまったでしょう。そうやって、越えてはいけない一線を越えてしまったんだわ」

こっくりとうなずいて、マイクは気丈に笑った。叱られた子供のようだった。

「先生の言う通りです……それで、今回はどういった細胞株なんですか？」

「病気のゾウから採取した血液よ」

落ちこむマイクが哀れになって、キャシーの口調が和らいだ。

「心配しなくていいわ。たぶん、たいしたことにはならないようだから。きっと大丈夫よ」

(たぶん、か……)

キャシーを見送ってから、マイクは顔をしかめた。カンジにテストを受けさせない方法は見つかりそうにない上に、自分にまでとばっちりがきた。まったく、なんで口を閉じていられなかったんだろう?

ため息をつき、肩をすくめ、ケージに向きなおると、彼はテナガザルを怖がらせないよう親しげに話しかけた。

「くよくよするなよ、相棒。先生の話を聞いてただろ? ゾウの血液だってさ。おまえ、間違いなくそいつのウイルスに感染するんだぞ」

＊　＊　＊

五日間の休暇で十分に英気を養い、日に焼けた顔で戻ってきたというのに、キャシーのテンションはあっという間に下がった。ラボはいつも通りの大混乱だが、マイクの姿だけ見えない。まさか、こんな方法で、実験動物に反対の立場であることを訴えているのだろうか？

とはいえ、すぐに、マイクが自分に宛てたメモが出てきた。昨晩書いたらしく、どうにも気がかりな内容になっている。

『ウイルスと抗体の正体がつきとめられません。しかも、困ったことに子ゾウの異常細胞が急増しています』

「何てことなの！」彼女は声を荒らげた。

つまりマイクは、データベースには存在しない、未知の病原体の可能性が高いと言っているのであって、それはまったくいい兆候ではない。キャシーは急いでシャーレを探し、血液サンプルをセットして顕微鏡のレンズの下にプレパラートを置いた。そして、そこで見たものに恐怖のあまり震え上がった。いくつかの細胞が崩壊し、膜の欠片が培養液の中で漂っている。まるで内側から爆発したかのようだ。培養にかけてから、たった数日しかたっていないのに……。

これほど強力な病原体の正体はいったい何なのか？

細菌の可能性は即座に取り除かれた。細菌なら顕微鏡ではっきりわかるが、このサンプルにその形跡はない。だったらウイルスだろう。そして、細胞にこれほどのダメージを与えられるのは一種類しかない。ウイルス性出血熱だ。

確かに自分は、出発の前日に冗談交じりで口にした。新種のエボラ熱なんて発見しないでよ、と。キャシーは一瞬目を閉じ、ふっと息を吐いて、パニックの始まりを封じた。違う。エボラウイルスの変異体だなんて、そんなわけがない。何かが抜け落ちている。

だが、サンプルを厳密に確認してもおかしなところは何も見あたらなかった。この状態から判断するなら、発熱していると認めざるを得ない。もう一度、新しいサンプルを準備して、顕微鏡のステージに筋細胞を載せたプレパラートを置き、拡大のつまみを回す。もはや目の前で起こっていることに驚くほかなかった。筋細胞が急成長したというよりは、病原体が形質転換しているように見えたのだ。サンプルの位置を一ミリ動かし、瞬きしてみても無駄だった。それどころか、この一瞬のうちにラグビーボールのような形に膨らみ、両端に小さなコブができている。とにかく、何らかの変態が起こったことは確かであり、病原体が根本的な突然変異を起こした結果、筋細胞は……まったく別のものになってしまったのだ！　水滴二滴が落ちる瞬間に、神経細胞が応答する原理（訳注）――あれと同じようなことが起こっている。キャシーは興奮を抑えられなかった。

（筋細胞が神経細胞に変わるなんて！）

念のためテストを三回繰り返した。結果は、四分の一が神経細胞に変わった。残りも通常とは異なる変化をたどっている。これをじっくり調査すれば、詳細がわかるだろう。

キャシーは姿勢を正した。まだ頭の中で考えがまとまらない。一瞬、サンプルの差し替えを疑ったが、それはあまりにばかげている。マイクはテナガザルのことで腹を立てていたかもしれないが、自分の居場所を守りたいならこの種の下手は打たない。彼女はキャスター付きの椅子に座ったまま床を蹴って壁に近づき、電話の受話器を取ってマイクの携帯の番号を押した。呼び出し音が鳴り、やがて留守番電話のメッセージが流れる。

「こちらはマイク・ジョーンズ。メッセージを残してください。折り返しご連絡します」

何から手をつけていいかわからず、キャシーは一瞬うつろになった。腹を立てるのは、説明されてからにするつもりだった。

「マイク、キャシーよ。ラボに戻って子ゾウの血液を調べたわ。正直言って結果に困惑しているし、サンプルに問題がなかったことをちゃんと確認したいの。あなた、どこに消えちゃったのよ？　まったく」

受話器を置くやいなや背後で扉が開いた。マイクが仏頂面で、携帯電話を握りしめている。

「先生が戻ったらすぐ教えてくれと受付に頼んでいたんですけどね。僕は配達があったたんです。ラットと犬と霊長類の……」

「きっと忘れていたんでしょ。わたしなんて、自分の精神病院行きを疑ったわよ。今メッセージを――」

　マイクが顔色を変え、話の途中で口を挟んできた。

「カンジに何かが起こったようです」

「移植の注射はしたのよね？」キャシーは不安げに尋ねた。

「はい。それが、先生が帰宅して二時間くらいたった頃に、カンジが熱を出したんです。そして、夜中には昏睡状態に陥りました。それから……」

　落ち着かないのか、マイクが身体をよじった。仏頂面だと感じた表情は、彼が不安と困惑を抱えていたせいかもしれない。

「それからどうしたの？　死んだわけではないわよね？　いくらなんでも急すぎるわ」

「見たほうが早いと思います」

　ふたりは動物飼育場に向かった。到着すると、マイクはずんぐりとした生き物を指差した。腕が驚くほど短く、ケージの中で苛ついたように動きまわっている。キャシーはわけがわからず顔を起こした。

「この子は新しい子？　カンジをよそにやってしまったのね。どこにいるの？」

「先生の目の前です」

「それは何かの冗談？」

キャシーが声を荒らげたせいで、件の生き物がいきなり興奮しはじめた。狭すぎるケージの中で胴体をくねらせ、まくれた唇でけたたましく吠えている。キャシーは騒ぎを無視して、倒れそうになりながらも必死で集中しようとした。

（いいから、先入観に惑わされず厳格に観察しなさい！）

自らの研究理念を頭の中で繰り返している時、キャシーは生き物に三十センチほどの尾があることに気づいた。テナガザルの仲間にこうした尾を持つ種はいない。これほどの変化が起こるためには、何か論理的な理由があるはずだ。皮膚の炎症、あるいは何らかの異常が進行しているのかもしれなかった。ただ、尾はどう見ても本物で、とても偽物とは思えない。キャシーは頭の中で輪郭をなしつつあるおぞましい考えを払拭するために、納得できそうな仮説を探したが、まったく見つからなかった。残る可能性としては、突然変異しかないが……どう考えても不可能ではないか？　筋細胞が神経細胞に変質するなんて。

事実がゆっくりと重く圧しかかってくる。いずれにせよ、病原体は変態を引き起こした。テナガザルはウイルスによって、細胞レベルにとどまらず、個体レベルで違うものになってしまったのだ。

突然、ダニー・アビケールに渡された写真の意味が理解できた。子ゾウの口に生えた余分な二本の牙は、遺伝的な問題ではなく、病気が原因だったことになる。

「どうやったらこんなに早く尾が生えてくるの？　どうしてこんな突然変異が起こってしまったの？」キャシーは茫然としたまま口走った。

「こうなった過程は僕にもわかりません。ただ、テナガザルには昔尾がありました」

「種を間違えているわ、マイク」

「僕が言っているのは三千万年前の話です」

「つまり、あなたは、その……退化のようなものが起こったと思うわけ？」

マイクは答えの代わりに肩をすくめた。完全にお手上げのようだった。

「このことはボブに言ってみたの？」

「いいえ。先生のお戻りを待ったほうがいいと思いました」

「賢明な判断ね。慌てずにやっていきましょう」

素早く行動しなければならないことはわかっている。だが焦りすぎてはいけない。キャシーはまず、自分の所見を同僚のボブ・テレンスに反証してもらい、それからヨハネスブルグにある南アフリカ国立伝染病研究所所長のジョナサン・ジョスに連絡しようと思った。彼は数百の病原体を把握する生き字引として知られている。過去にもこうした現象が表れていたら、きっと耳にしているだろう。

彼女が作戦を練っている間にも、テナガザルは興奮をエスカレートさせていた。まるでスプリングボックのようにケージの柵に激しく体当たりしている。と、いきなり片腕を柵の間から出して、横にいたマイクの耳をつかんだ。マイクは悲鳴をあげ、耳を押さえると、ふらつきながらうしろに下がった。

「大丈夫？」

「ええ、たぶんつねられただけです。血が出ていますか？」

キャシーは真っ赤になった耳を丹念に調べた。ひっかき傷はついていない。ほっとして息を吐いた。この上マイクが感染でもしたら、目も当てられない事態になる。

「安心しなさい。血は出ていないわよ。まったく、あなたが怪我をしたかと思ったわ。でも、この子は何か盗んだわよね？」

確かに、カンジはマイクに襲いかかったすきに、上着のポケットに入れてあったペンを盗っていた。今はやけにおとなしくなり、しきりにペンの臭いを嗅いでいる。

「取り戻しなさい。鍵を開けてしまったら騒動になるわ。そんなことになったら……」

想像し得る悲惨な状況に、キャシーは押しだまった。研究所の廊下を逃げまどうテナガザル――その血液は、生体のプログラムを変える力を持つ病原体に感染している。そんなことになったらすべてマイクのせいだ。思いつきで、サルにケージの鍵の開け方を教えてしまったのだから！

彼はうなずいて慎重にケージに近づいた。

「カンジ、いい子だ。大丈夫だよ。そいつを返してくれないか？」

カンジはまったく反応しない。ただ、いつもならペンで鍵を開けようとするのに、ひたすらペンをかじっている。しまいにペンを放りなげ、閉じ込められるのはうんざりだとばかりに前後に揺れだした。動きがだんだん激しくなっていく。まるで野生に戻ってしまったかのようだ。

昏睡状態を脱して以来、マイクのことを完全に忘れたようで、まるで注意を払わない。マイクは、自分の声や臭いが変わったわけでもないのにカンジに相手にされなくなって、奇妙な寂しさを覚えた。とはいえ、数日もすればまた遊びを思い出すだろう。では、なぜ、い、い、い、カンジを失ってしまった、い、い、い、ような気持ちになるのだろうか？

マイクはすきをついてペンを奪い、誇らしげにキャシーに見せた。彼女は愛想笑いで応じたが、すぐに不安げな顔になった。

「さあ、やることがたくさんあるわ。残っている血液を培養して、まずは、仮説を確認しなければならないわね。間違った結論を広めるわけにはいかないもの。今日は少し残業してもらってもいい？」

「夜までずっと大丈夫ですよ」

二十三時三十分頃、キャシーは実験で疲れ果てていたにもかかわらず、注意喚起レポートの作成に取りかかった。少し前に電子顕微鏡の観察結果が出たのだ。すべてのウイルスが十分に成長したわけではなかったが、うまくいったものもある。しかもそれは恐ろしいほど巨大なサイズに成長していた。長さが十マイクロメートルで、髪の毛の約二十分の一の厚みを持つ繊維状のウイルスが、白黒画像で映しだされる。この長細い形状からは、フィロウイルス科に属すると推測できるだろう。だとすれば、エボラ熱やマールブルグ病の仲間になるかもしれない。ただし、このウイルスは先端が三つ又に分岐していた。

キャシーの結論は、同僚のボブの反証でも正しいことが証明された。そこで彼女は、さらに南アフリカ国立伝染病研究所のジョナサンともコンタクトを取ることにした。

新しいウイルスに名前をつけなければならない。生物学界では、命名に際し発見された場所の名前を使うという伝統がある。

一時間後、レポートを書きおえたキャシーは、三つ又ウイルスの画像を添付してメールの送信ボタンをクリックした。こうして、彼女のラボが所属する保健衛生監視ネットワークの全会員宛てに、謎のウイルスに関する情報が送られていった。

新種の疾病の報告
観察対象——子ゾウ（血液分析と写真の検証）とテナガザル（子ゾウの血液を接種）
観察結果——変形性病理。外見上、当該動物は進化という観点における〈退化〉を見せた（テナガザルの観察による。子ゾウについては判断不可）。添付のレポートと画像参照。
感染方法——血液
潜伏期間——数時間
ベクター——不明
ヒトへの感染の可能性——血液細胞にて検証。顕著な反応は見られない。
観察地——南アフリカ、クルーガー国立公園保護区内、ワイルドライフセンターのアニマルシェルター。及び、プレトリアのウイルスメディカル研究所。
病原体の分類——フィロウイルス科
ウイルス名——〈クルーガー・ウイルス〉を提案。

訳注：理化学研究所による発見。ししおどしの原理で神経細胞が入力信号を高速演算するというもの。

二

ステファン・ゴードンは、目頭を押さえたまま、考えごとに没頭していた。数日前から、ここジュネーヴにある世界保健機構（ＷＨＯ）のあちこちで取り沙汰されている噂をどう扱うべきか、慎重に決めなければならない。

噂の大本は、南アフリカの保健省に所属する職員たちだった。どうやらプレトリアにあるウイルス研究所が、動物の宿主に〝奇形〟をもたらすウイルスを特定したらしい。発見者いわく、その奇形は、感染してしまった動物が太古の昔に持っていた形状なのだという。検証から導かれた結論も、何とも大胆であり、病原体には、昔の形状をよみがえらせる力があると告げていた。当該研究者であるキャシー・クラッブなる人物は嘲弄《ちょうろう》の的にされ、彼女が発見した〈クルーガー・ウイルス〉は、エボラウイルスが発見された場所にからめて、〈洞窟のウイルス〉の呼び名で揶揄《やゆ》されるようになった。

先験的には荒唐無稽な話としか思えない。だが自分は、ＷＨＯの感染症対策本部長だ。すべてのリスクをゼロにしておく必要がある。できれば、すぐに片をつけるべきだろう。ステファンは似たような肩書を持つ大半の同僚たちと違って、自分の仕事を別の誰かに押しつけることをよしとしない。そこで彼は、この地位にある者のしきたりを無視して、キャシー・クラップ本人と直接電話で話すことにした。

四十八歳のステファン・ゴードンは、イギリスで生まれた生粋の英国人であり、いかにも英国人らしいユーモアの持ち主だった。WHO職員としては珍しく、実務能力に対する評価は高い。彼は医学部出身でフィールドワークを好み、建前論は絶対に使いたがらず（そもそも理解できない）、役職上の特権にほぼ関心がない。また、会議を極力避ける代わりに、書類は一字一句丁寧に目を通し、そつのない官僚的報告書にはまったく満足しないのだ。

こんなふうにWHOの職員らしくない理由は、ひとえに彼の経歴にある。ステファンは十五年間ひたすらアフリカの熱帯雨林を駆けまわり、果ての果てまでウイルスを追っていた。それが、コンゴの貧しい村に滞在していた時にマラリアに罹患し、高熱であやうく命を落としかけたことがあった。さいわい熱が下がり回復したが、今もなお、マラリア特有の原虫が肝臓に潜み、死ぬまで再発と重篤な合併症のリスクから逃れることはできない。彼が、この〝ダモクレスの剣（訳注1）〟を無視して生きると決めたところで、病気は常にそこにあり、存在感を放っている。そして彼には、理解しがたい障害を抱える思春期の娘がいた。この娘こそが、ステファンが闘っていける理由そのものだったのだ。

ステファンは、ウイルスを追いつづけた過去にある確信を得ていた。目に見えない微生物との闘いにおいて、人類はすべての手がかりに――不可能と思われることすらも――挑戦していかなければならない。現場にいてこそわかったのだ。不滅の進化を続けるウイルスを根絶するには、最大限の監視が必要である、と。危険は地球上のいたるところに潜んでいる。感染症が始動するには、ただひとつのウイルスが、ただひとつの有機体を感染させるだけでいい。だが、その事実を〝彼〟が知るよしもなかった。二十世紀初頭に、西アフリカのどこかでチンパンジーの血液に感染した猟師には、わかるはずがなかったのである。約八十年後、自分が〝出発点〟となったエイズ感染によって、二千万人もの死者が出ることを。

南アフリカの生物学者が作成した報告書は、ありとあらゆる官僚的な手続きを経たあと、二日前にステファンのオフィスに届いた。ただし、目を通したのは昨晩、それも帰宅してからのことだった。

簡潔な紹介文の段階で、すでに危険信号が灯った。クロスチェックされていた添付ファイルの報告書には、危機感を抱いた。その結論として、ステファンはキャシー・クラップ本人から話を聞くべきだと判断し、秘書に命じて、彼女がいるプレトリアの研究所に電話をかけさせた。これまでそうしてきたように、ターゲットに直接連絡を取ることにしたのだ。

「クラッブさん、突然のお電話で申し訳ありません。率直に申し上げますが、あなたからの報告書を読んで、私どもの間でも懸念が広がっております。WHOから〈パンデミック・フェーズ1〉の警告を発する段階にあるかどうかを見定めるために、あらゆる情報をお聞かせいただきたい。事実については、あなたがまとめた報告書を読んで理解できました。その上で、私はあなたから話をうかがいたいのです。この件に対するあなた個人の所見、あるいは直観で理解していることを教えていただけませんか」

キャシーは受話器を握りしめたまま、ほっとして泣きそうになった。そして、ステファン・ゴードンの単刀直入な物言いに慰められる思いがした。報告書を送信してから、眠れない日々が続いていた。科学者仲間からなかなか信じてもらえず、嘲弄され、こうなったらWHOの誰かに直接陳情すべきかとまで思いつめていた。それが、三週間闘ってようやく聞く耳を持つ者を得たのだ。彼女は、オフィスに四半期ごとに配られるWHOの機関誌にあったステファン・ゴードンの紹介記事を思い出していた。評判の実力者でありながら、ネクタイ族と一線を画する破壊者のごとき外見。添えてあった写真では、アロハシャツに洗いざらしのジーンズという出で立ちだった。キャシーは驚きのあまり目を見張ったが、それは彼を気に入ったからでもある。長髪で頑健な身体つきと、高官にあるまじきおだやかで魅力的な笑顔。例えるなら、冒険者か、イギー・ポップのようなロックスターを思わせる風貌だった。

今のところはまだ、完全に彼を信用したわけではない。それでもキャシーは、ひとつだけありがたく思うことがあった。彼が相手であれば、ばかにされたり、疑念を持たれたりすることを恐れず話ができるだろう。彼女はステファンの求めに応じ、細かいこともおろそかにしないように落ち着いて話した。ところが話せば話すほど——小包が届いたこと、五日間の休暇を取りトレッキングに行ったこと、何度も血液のサンプルテストを繰り返したこと、クルーガー国立公園を訪ねたこと、そして現在の子ゾウの体調まで——自分が心の奥底で危機感を抱いていることに気づいてしまった。これまでは、実証や反論にかかりきりになるあまり、考察に費やす時間が取れなかったが、ゴードンという理解者を得た今、彼女はついに自身の懸念を訴えた。

「大惨事が迫っているような気がします」

「そこまで深刻だとお考えなんですね？」

「わたしの思い違いであってほしいのですが」

「クラッブさん、具体的な時期をあげることはできないが、あなたの報告書はいずれ必ず認められるはずだ。私はちょうどウイルスに関する討議会に出席するところです。何か情報が得られたら、すぐにお伝えしましょう」

＊　＊　＊

WHOでは〈エマージングウイルスに関するスペシャルウィーク〉と仰々しく銘打たれた会議が開かれていた。ステファンは大講堂に座ったまま、キャシー・クラップと交わした会話と、どの発言者にも存在を認めてもらえない様子の新しいウイルスについて、考えずにはいられなかった。それでも、誰かひとりくらいは公式に言及するのではないかと期待していたが、彼女の警告を真面目に取り上げる者はおらず、廊下の笑い話になってしまっている。

大講堂を出たところで残響を消したギターリフの音が聞こえ、ステファンは携帯電話を取りだした。着信画面に、古生物学者でパリ国立自然史博物館館長のニコラ・バランスキーの名前が表示されている。キャシーと話したあと、彼に子ゾウの写真を送っていたのだ。

ふたりは二〇〇四年のパリで面識を得た。当時、感染症対策本部長に就任したばかりのステファンは、ここ三十年間でもっとも悲惨な衛生事変のひとつとされる鳥インフルエンザの制圧に奔走していた。ＷＨＯ所属の研究者の中には、このウイルスが遠い昔にも猛威を振るったと仮定する者がいた。ステファンは彼らの意見を支持し、同時に古生物学に関心を持つようになった。そこで、彼はパリの国立自然史博物館に行き、古生物学の第一人者であるバランスキーを訪ねたのである。

ステファンは、オスマン様式の立派なオフィスに迎えいれられた。室内は古《いにしえ》の木工細工で飾られ、床から天井まで続く棚は化石と本であふれ返っていた。バランスキーは分け目を入れて整髪料で固めた髪と、薄い唇の痩せこけた顔がまるで貴族のようで、木工装飾に囲まれている姿が、どこか別の時代の人間を思わせた。このように、ふたりは外見上まるで似ているところがなかったにもかかわらず、雰囲気は悪くなかった。その後、オフィスを出た彼らはオステルリッツ駅界隈のパブに入り、年代物のスコッチを飲みながら、名刺交換でもするように驚きの体験談を披露しあった。

ステファンは先ほどまでの苛立ちを忘れ、電話に出た。

「ニコラ、電光石火の速さだな。電話をくれてありがとう。さっそくだが、あのゾウについてどう考える？」

「どう考えるだと？　ふざけているのか？　雪男がいる証拠だと言われながら写真を見せ

られた気分だ。だが、あれは冗談ではないんだろう？」

「そんなわけがない。ねつ造でないことは私が保証する。報告書を書いた人間が、二週間前に子ゾウを保護しているシェルターに行って確認しているんだ。子ゾウはすでに健康を取り戻しているが、牙はそのまま残っているそうだ」

「ステファン、あの写真には驚かされた。あいつはゴンフォテリウムだ、現代のゾウの祖先のひとつとされ――」

「待ってくれ、確かなんだな？」

「細部がことごとく現代のゾウと違うんだよ。牙だけでわかる。倍の数があるだけでなく、下向きに曲がっているじゃないか」

「それだけで、現代のゾウの祖先だとわかるものなのか？」

「ああ、わかる」

「子ゾウは奇形を患っているわけでもないと？」

「病変が一カ所だけなら、奇形の可能性がないとは言えない。だが病変は複数ある上に、すべてが大昔に生息していたゾウの特徴と一致していることを考えると……」

ステファンは黙り込み、バランスキーの言葉を嚙みしめた。キャシーの恐れていたことが現実となりつつあるようだ。

「おい、聞いているのか？」

バランスキーの声で、ステファンは我に返った。

「ああ、すまない。ウイルスが動物をその先祖のようなものに変身させると知って動揺したんだ」

「そんなことは言っていないぞ」

「だが、はっきり認めたじゃないか」

「いいか、私は子ゾウの状態を説明しただけだ。原因については言及していない」

どうしたわけか、バランスキーが急に落ち着かない口調になっている。

「だが、きみのその問題については、どうにもあの学説が考えられるな……激しい議論の的となったアンナ・ムニエの説だ」

「アンナ……誰だ？」

「アンナ・ムニエ、うちの博物館に所属している古生物学者だよ。彼女によると、動物は進化の過程においてある時期に退化を遂げることがあり、その際に、はるか昔にその種が失った体の形状を固体として完全に取り戻すのだそうだ。言うまでもないが、彼女は自説が受け入れてもらえないと知って、学界に背を向けてしまったがね」

「きみに対しても？」

「何とも言えんよ……アンナは優秀で、結果を出す能力がある。だが性格に欠点があってね。頑固な上、過激なところがあって、どうにも無愛想だ」

「彼女の説は本当にばかげているのか？」

「ステファン、きみにははっきり言っておこう。古生物学には〈ドロの不可逆則〉という暗黙の了解がある。端的に言うと、進化は一方向のみに進むという考えだ。未来に向けて一直線ということだよ。例をあげるなら、ヘビは先祖であるトカゲが持っている足を絶対に取り戻せない。百万年かけて新しい環境に適応させたものだからな。だから、種が退化するなどという考えは……なんと言おうか……」

「つまり、そんな考えは認められないわけだな？」

「そういうことになるが……」バランスキーは少し困惑しているらしい。「だが実際に子ゾウの写真があるじゃないか。おかげでこっちは大混乱だ」

「おい、きみが巻き込まれる必要はないからな？　私からそのアンナ・ムニエに連絡を取ってみようか」

　しばらくバランスキーから返答がなかった。やがて、彼は苛ついている様子でまた話しはじめた。

「ステファン、もう一度言うがアンナは変わっている。私もずいぶん彼女をかばったが、博物館の立場を考えずに自説に固執する姿を見て、距離を置くことを決めたんだよ。その後、彼女はニューギニア島に発掘に行ってしまった。もう二年になるな。今のアンナは古生物界を拒絶したことで、ほぼうしろ盾がない状態だ。ところが、組織に縛られたくない学生らが彼女をカリスマ扱いして、若者の派閥らしきものもできている。いいかステファン、はっきり言っておくぞ。彼女が信頼に足りる返答をするとは思えない。頼むから、彼女の名前は忘れてくれ」

「わかった、それも頭に入れておこう。くそっ、アンナのことなど話さなければよかった」

「役に立てたのならよかった。何か進展があったら教えてくれ。協力に感謝するよ。おかげで状況がつかめてきたようだ」

「もちろんだ」

　通話が終わる頃には、ステファンは駐車場まで来ていた。ウイルスのことはあっても、結果的にいい一日だったことが今になって実感できる。彼は足早に自分の車へ向かった。古い型のベンツで、赤とベージュのクーペだ。車を売ってくれた収集家は、ミック・ジャガーが所有していたものだと請けあった。ステファンはこの話が気に入っていた。実際にハンドルを握ったかどうかより、ファンとしてはそう信じていたい。

　レマン湖に沿って車を走らせながら、先ほどの電話の内容について考える。バランスキーはアンナ・ムニエを手放しで評価しなかった。彼とはたいてい意見が合うが、今回はどうしたわけか彼に納得できずにいる。バランスキーが意固地になっている可能性も考えた。館長の重責に追われ、情熱が枯渇したのかもしれない。ステファンには、自分やバランスキーのような立場の人間が、保守派の連中と戦うことがどれほど困難なことか、わかっていた。

　急に思いたって車を路肩に止めると、彼はグーグルでアンナ・ムニエの名前を検索した。たちどころに数百件の結果が並ぶ。最初のふたつの記事はどちらもとても好意的で、バランスキーによる評価とまったく異なっている。

　ひとつ目の記事によると、彼女は優秀な古生物学者だった。三十六歳にして約十カ所の現場経験があり、アルゼンチンで三種、トルクメニスタンで一種、計四種の新種の恐竜の化石を発掘している。記者は完全に魅了されたらしく、その類まれな如才なさを、古生物学界のララ・クロフト（訳注2）に例えた。彼女は学界でつまはじきにされてもなお、支援者からの助成金が途絶えることはなく、発掘を続けているという。記事は最後に、彼女をこの三つの言葉でまとめていた――華があり、策士であり、リアリストである、と。

　その次の、大衆向けの科学記事では、彼女の成功が「入念な準備とチャンスがぶつかりあって融合したもの」から生まれた結果であると評した。確かに、彼女は必ず現地の地質調査をすませてから発掘に臨み、しかも何か出るという保証がまったくない未踏の地を好みつつも、見事に成功させて確固たる評価を得ている。

ステファンは小さく息を吐いた。

おかしい。どの記事を読んでも、バランスキーが言っていたような彼女の〝過激〟な側面が見えてこない。それどころか、所属する社会の掟を踏まえつつ、それを自分の利益に変えてしまえる人物のように思えた。つまり、肝が据わっているのだろう。

サムネイル画像のひとつをクリックする。画面に現れた、ほこりっぽい丘の斜面に立つ彼女の姿を見て、彼は衝撃を受けた。風に踊る褐色の髪が、まるで炎のようだった。両手を腰に当ててまっすぐに立ち、じっとどこかを見つめている。眩しげに細めた素晴らしい緑の瞳。土で汚れたTシャツの下に隠れる豊かな胸元。うしろにあるテントが、突風にあおられている。撮影場所は、アルゼンチンのパタゴニア砂漠だった。この女性は類まれなほど美しい。『トゥームレイダー』の冒険家というよりは、『トワイライト』(訳注3)のヒロインじゃないだろうか。そんなふうに感じるのは、ステファン自身がファンなのではなく、娘がこのところ『トワイライト』を延々と見つづけていたせいだ。

だが、野生の猫のような魅力を放つ彼女こそが、進化は逆方向にも進めると主張する張本人だった。ステファンは正直、もっと年齢が上で、いかにも男勝りな人物を想像していた。バランスキーから、彼女は学界に逆らい本能のみに従っていけるほどタフな女性だと聞かされていたせいで、なおさらそう思い込んでいたのだ。ステファン自身も、数年前に、エボラ熱がはびこる熱帯ジャングルに足を踏みいれる時は、彼女のような勇気を必要としていた。つまり、自分たちには似たところがある。

これ以上の情報は必要ない。ステファンはアンナ・ムニエを気に入った。だから彼は、部下の携帯番号を探して電話をかけた。

「ルーカス！　仕事を頼みたい。熱帯までひとっ飛び、行ってみてくれないか？」

訳注1：栄華の中にあっても危険が迫っていることの例え。
訳注2：アクションアドベンチャーゲーム『トゥームレイダー』のメイン・キャラクター。考古学者・冒険家。
訳注3：女子高校生とヴァンパイアが主人公の恋愛小説。ステファニー・メイヤー作。実写映画化もされ、人気シリーズとなった。

三

アンナは全身を泥だらけにしたまま、洞窟の中の岩に埋まる化石を見つめていた。心臓が早鐘を打ち、こめかみに痛いほどの拍動を感じる。脱水症状ではないかと思ったが、水筒はテントに置いてきてしまった。

（取ってくるには遠すぎるわね……）

それに、この目が回りそうな喜びを中断させてまで、取りに戻る気にはなれなかった。まわりにいる学生たちが静かに自分の発言を待っているが、喉が詰まって、声など出せそうにない。

化石の主は〈始祖鳥〉の名で知られるアーケオプテリクスだろう。最初の発掘は十九世紀に遡《さかのぼ》り、獣脚類に分類された上で、一般には〈羽毛恐竜〉として認められている。その翼には鉤爪が備わり、クジャクのように立派な羽毛で飾られた尾があった。頭部はゴツゴツしていて、顎から生えた歯には、先祖である恐竜とのつながりがもっとも色濃く表れている。

アーケオプテリクスの化石は、たいまつに照らされて、寄木細工のように輝いていた。

骨がすべて残っている上に、羽毛の痕跡が一枚一枚はっきりと見てとれる。翼はまるで、死の直前にこの場所に着地したかのようにたわんでいた。

最終的に、チーム内で〝変人〟扱いされているジョイが沈黙を破った。満足感に浸るのはこれくらいでいいと判断したのだろう。

「こんなにクールな化石は見たことないかも！」

物怖じしないところが自分の若い頃そっくりで、アンナは彼女に親近感を持っていた。ただし、それはファッションの話ではない。ジョイは、前髪にどぎつい青のメッシュを入れ、友人たちいわく〝ロックスター兼部族民〟のような鼻ピアスをはめている。その彼女が、今回はずいぶん婉曲な言い方を選んだものだと思いながら、アンナはようやく声を出した。

「ねえ、古生物学の本にクール、は、あまりお目にかからない言葉じゃないかしら？」

「だって、先生が正しいって証明されたんですよ？　二年の歳月を費やしてついに化石が発見されたんです！　これを見せてやった時の、おじいちゃん先生たちの顔を想像するだけでぶっとびそうだわ！　信じられません。こんなことってあります？　ここまで立派な証拠が出てくると思っていましたか？」

「ジョイ、先走るな。これからこいつを掘りだして検証しなきゃならないんだぞ」

チームの〝賢人〟カートが化石が横たわる穴に身を乗りだし、落ちそうになりながらジョイをいさめた。だが、彼女のほうもそれ以上は言わせない。

「一億五千万年前に生息していたと思われるアーケオプテリクスが、一千万年前の地層から出てきたことを、どうやって検証するかよね？　でもみんなでやれば大丈夫じゃない？　あなたって、ほんとに疑い深いんだから！」

アンナは手を上げてふたりのこぜりあいを止めた。初めて会った瞬間から師に心酔していたカートは、その晴れやかな笑顔に胸を打たれた。

「みんな、ちょっと落ち着いて。確かにわたしたちは、古生物学上に新たな一ページを記したようね。この発掘で、アーケオプテリクスは〈K－Pg境界〉で絶滅したのではなく、一千万年前にも生息していたことを証明できるでしょう。どうやって、というのはまた別の話だけど。とにかく、まだまだとんでもない量の仕事が待っているわね。でも今日はもうおしまい！　こんな偉業を達成したんだもの、夜はみんなでお祝いしましょう。これから現場を保全して、明日またやればいいわ。みんな、日の出の時刻に橋に集合よ」

「どうせ今晩は眠れそうにないんだから、このまま続けちゃだめですか？」ジョイが嘆く。

「だめよ。許可できない、絶対に。みんなくたくただし、体調を整えないと細かい作業なんてできないもの。それに、あなたが騒ぐ機会を断るなんて初めてじゃない？」

現場を保全するため、学生たちがはしゃぎ声をあげながら地面を掃いている。アンナは彼らから少し離れた場所に移動した。疲れ果てて、目には感動の涙が滲み、ガラスのようにもろくなっていることは自覚していた。ジョイの言った通り、アンナはここで二年の歳月を費やした。だが、実際は足かけ十年の闘いになる。この発見で何もかもが変わるだろう。

化石は明らかに、約六千六百万年前に起こった〈K－Pg境界〉と呼ばれる天変地異以後のものだった。当時、不幸にも、地球は直径十五キロメートルの小惑星のルート上にあり、この小惑星との衝突が、白亜紀から古第三紀にかけての種の絶命のきっかけとなったという。いったいどれほどの災禍となったのか想像もできないが、その衝撃は広島型原子爆弾のおよそ十億倍に相当したと言われている。千五百キロ平米が焦土と化し、衝突地点付近で発生した地震はマグニチュード八以上。続いて、高さ三百メートルの津波が海岸を浸し、大陸という大陸が沈むほどの威力であったという。さらには、落下してきた隕石が溶岩の噴出を呼び、その硫黄によって生じた酸性雨が生き残った恐竜たちに降りそそいだ。これにより、地球にいた種の八十パーセントが絶滅したのである――鳥類以外のほぼすべてが。つまり、現代のトリは恐竜の子孫ということになるのだ。これこそが、この十年の古生物学的発見の中で、もっとも重要なもののひとつだった。

今回発掘されたアーケオプテリクスの骨は、ほぼ完璧な保存状態であること以外、特段変わったところは見られない。そこで、その意義についてはジョイが端的に言ってのけた。

「時代遅れの古生物界がぶっ倒れるんじゃないの？　だってこのアーケオプテリクスは、存在していないはずの一千万年前の地層から出てきたんだから。とんでもない怪物が岩に巣をつくったものよね！」

この二年間、ここニューカレドニアの西パプア州カイマナ県で、アンナがどれほど努力を重ね、犠牲を払ってきたことか……。何度もぬか喜びをしては挫折し、またはいつくばって発掘を続けてきた。それが今日、ようやく日の目を見たのである。退化したと思われる動物の化石が発掘されるたびに、今度こそはと思った。だが、完全体で出たことがなかったために、証拠としては不十分だった。それでも、こうしたすべては〈親指小僧〉が山に撒いた小石のように有効な指標となって、ついに、優秀な学生たちの弁によると、異常に若い羽毛恐竜の発見につながったのだ！

アンナは勝利の衝撃で目が回り、吐き気すらこみ上げている。学生たちは、彼女がひとりで静かに喜びに浸れるよう、現場の保全を終えると早々にテントへ戻った。ただし、ジョイだけはアンナの弱った姿を見ていられずに、明るく気遣うように声をかけてきた。

「この発見をヤンに伝えるんでしょう？」

「そうしたいけど、彼は今調査船に乗ってニューカレドニア湾に行っているの」

「連絡を取るのもだめなんですか？」

「邪魔するなとはっきり言われたのよ」

「これは例外じゃないですか？　爆弾級の発見ですよ？」

「それならわたしの爆弾は、彼の帰りを待つしかないわね」

アンナは本心を打ち明けるつもりはなかったし、この素晴らしい瞬間を台無しにするつもりもなかった。それが、いきなり泣きたくなってしまい、自分で自分がわからなくなった。自己憐憫《じこれんびん》なんて柄ではないのに、自分の弱さを知って当惑してしまう。本当なら、舞い上がり、全世界に触れまわっていいはずが、何もする気が起こらず、疲れ果てて茫然としている。学生たちがいなければ、このまま土ぼこりの中で眠り、アーケオプテリクスの横で朝を迎えていたことだろう。

(ヤン、本当はあなたと一緒にこの発見を喜びたかったのに……)

そう思っても、彼の乗った調査船が今どこにいるのかもわからない。それに、この二年の間でどれほど一緒にいられただろうか？　おそらく……三カ月くらい？　最後はふたりとも爆発寸前になり、そのことを思い出すだけで胸が締めつけられた。

　ジョイが動きまわるせいで落ち着かず、アンナもテントに戻ることにした。赤くなった目を見せたくないので、顔は上げない。

「一時間後に集まりましょう。ちゃんと正装してくるのよ！」

「髑髏Tシャツでもいいですか？」

「もちろん！　正装だって言ったでしょ？」

「先生は？　バッドガールみたいなヘソ出しTで決めるんでしょう？」

「そうね、それもいいかもしれないけど、洗い立ての服とまあまあ白いスニーカーがあったはずなのよね」

「うわ、うらぎり者！」


　アンナは一番にシャワーを浴びた――指導者だから順番を譲られたというよりは、弱っているので気遣われたのだろう――あと、気が抜けた状態でパソコンの前に座り込んでいた。そっと隕石の指輪を見つめる。付きあいだして二カ月目の記念に、ヤンがプレゼントしてくれたものだった。

　あの晩、いつものように大柄チェックのシャツを着たヤンがレストランの入り口に現れたのを見て、頭がおかしくなるくらい嬉しかったのを覚えている。あの格好は……あのシャツとダメージジーンズはあり得なかったけれど。胃が熱くなり、宙を飛んでいるようだった。愛の力で羽毛のように軽くなった気がした。

あの頃は、世界中に幸せだと叫びたくて、わけもなく歌いたくなった。ヤンがすべてだったのだ。バランスキーに無茶を言われても、笑って応じることができた。ヤンのおかげで優しく従順になり、変化のない日々や気難しい相手でも笑いとばすことができた。仕事より彼を優先したことすらあった。彼が同じくらい自分に夢中になってくれているのか知りたかったし、彼のことばかり考えている自分は正気だろうかと思ったこともあった。学界で成功することだけを夢見ていたはずが、わずか二カ月で愛の言葉を止められなくなり、彼とともに人生を終えたいとまで考えるようになった。それくらい愛していて、死ぬまで愛するとわかっていたから。こんなに夢中になったのは彼が初めてで、彼ただひとりだった。

ヤンのすべてが好きだった――カールした茶色の前髪も、まばらに生えた無精髭も、怯えたハイイログマのような風貌も、のけぞって爆笑するところも、がさつなところも、下品な冗談も。もちろん、身体に染みついたムスクの匂いも。海洋生物学者という職業すら愛した。だが、そのせいで彼はフランスを離れなければならない。アンナもやはりフランスを出ていかなければならず、ふたりは離ればなれになった。もともと、どれだけ愛していても、会えなくなることは覚悟していた。会える時に会うしかない。どちらも情熱を捨てることはできないのだから。前に進むしかなかった。だから、そういうふたりにとって、研究者の世界が残酷でわりにあわないことなど、たいした問題ではなかったのだ。

ふたりが出会う前の年、ヤンは自分のラボでサンプルを盗まれた。信頼していた生物学者が、ヤンの発見を自分のものにしてしまったのだ。もちろんヤンは怒り狂って闘ったが、サンプルを取り戻すことはできなかった。もっとも、ヤンは事態をそれほど深刻にはとらえておらず、自分のチームに研究予算が下りたところで、そんなこともあったなと言ってのけたらしい。アンナは、ヤンのこうしたこだわりのなさが好きだった。それは自分も同じであり、批判を受けようと障害が立ちはだかろうと、あまり気にならない。だから、ヤンが運命の相手だという確信は日ごとに大きくなった。ふたりは完全にひとつであり、心身ともに理解しあっている。これこそが、知性や野望の有る無しにかかわらず、世のすべての女性の夢ではないか？

指輪を贈られた夜、ヤンはいつもなら簡単な食事ですませるところを、パリ東部のヴァンセンヌの森にあるレストランの予約を取っていた。都会のオアシスとして知られるこの森には湖があり、その中央に浮かぶ人工の島につくられたレストランだ。アンナはしゃれた店内に驚いたが、彼女の胸をときめかせてくれたのはヤンだった。「今日はいったいどうしたっていうの？」と尋ねると、ヤンは「ふたりの記念日だから」と笑顔で答えた。アンナは、その言葉だけで心が溶けてしまいそうだった。

島の先端には、若干風景とそぐわないギリシャ神殿風の建物がある。食事が終わると、ヤンは彼女をそこに連れていき、湖に吹く風で冷えた身体を抱きしめてくれた。それから耳元で「宇宙を手にすることができたら何て言いたい？」とささやきながら、ポケットから指輪を出して指にはめてくれた。

「友だちが隕石を削ってつくったんだ。太陽系と同じくらい古い素材だ。世界にひとつきりの指輪だと思ってくれていい」

「これをわたしに？」

ごく普通の質問だったのに彼の答えは違った。

「きみにあげたいんだ。きみみたいな女性は世界にひとりしかいないから。どうやら俺は完全に恋に落ちているらしい……」

その夜以来、アンナの指から指輪が外されることはなく、隕石はふたりの愛の証になった。あれから、この十月で六年になる。互いに何度も傷つけあい、アンナが発掘調査に行くたびにヤンが不機嫌になっても、彼女は彼に対する愛情を疑ったことはない。だがヤンはどうだろう？　あとどのくらいで飽きられてしまうだろうか？

ニューギニアの調査が始まるまでは、ふたりのバランスは保たれ、一年のうち離れている期間が半年を超えることはなかった。たいていは、パリから離れる時期を合わせることができたのだ。ところが、アンナがキャリアをかけた調査隊を組んだことでその均衡は破られた。前回の休暇は一週間まるまる罵りあって、結局喧嘩別れにおわった。あれから三カ月が経ったが、互いにほとんど口をきかず、柄にもなく挨拶くらいしか交わさなかったのだ。

もちろん、自分が悪いことはアンナにもわかっていた。自分が悪いが、学界の老いぼれどもも悪い。自説を認めてくれないだけでなく、実に冷酷な手口で糾弾してきたのだ。もしも師であるバランスキーが味方になってくれていたら、まだ耐えられたかもしれない。ところが彼の理解は得られなかった。アンナは学界で孤立無援となったまま、ヤンとの関係がこの先どうなるかもよく考えず、発掘に飛びだしてしまった。もちろんそれは、ふたりの愛だけは信じられると思っていたからだ。

だが、今ならわかる。自分はヤンの不安をまともに取りあっていなかった。彼はどうしたかったのだろう？　落ち着きたかった？　普通の生活がしたかった？　子供が欲しかった？　それはふたり？　三人？　子育てに集中させるために、家庭に閉じ込めたかった？　だが、彼のほうも常に理解してくれたわけではなかったじゃないか……。

こんな状態が続いているうちは、ヤンに電話をかけたくなかった。アンナは彼が理解してくれないことに腹を立てている。彼のほうも、アンナが自分の不安を受けとめてくれないと思っているのだろう。それならそれで、ふたりの犠牲はすべて、最終的に価値あるものだったと彼に証明してあげればいいのだ。そうすれば、ふたりはきっと報われる。ヤンと再会したら、堂々と言ってやろう。

「わたしが正しかったの。わたしは勝ち目がなければやらない」

まだ遅くない、アンナはそう信じていた。

＊　＊　＊

翌朝、三時間も活動しないうちに空模様が怪しくなり、大雨が降ってきた。ありがたいことに化石は洞窟の中で守られている。アンナは作業が十分に進んだと判断し、朝食を取るよう指示した。

学生たちは大きなテントに戻り、みんな楽しそうに過ごしている。アンナは急いでファックスを送る必要があると言って、事務所代わりに使っている小屋に引きこもった。そこからアーケオプテリクスが埋まっている崖を見つめ、物思いにふけった。いったいどんな奇跡が起こって、あの個体は一千万年前に復活したのだろう。もっとも考え得るのは、あれが、シーラカンスやカブドガニのように、生きた化石として数千万年の間ほぼ進化を止めていた種であったという仮説だ。あるいは、最近オーストラリア沖で捕獲されたミツクリザメが、古代のサメにそっくりだったため、〈ゴブリンシャーク〉の名がつけられたが、それと同じように、あの個体がアーケオプテリクスによく似ているだけだという可能性も否定できない……。

アンナはこの説を真っ向から否定した。

いや、違う。この個体は退化現象によって現れたものだ。親は、歯を持たず、翼の先端に鉤爪もないごく普通のトリだったのではないか。証拠は出せないが確信はある。アーケオプテリクスの骨格の化石というと、ベルリン標本が完全体に近いが、今回初めてまぎれもない完全体の化石が出たのである。それが一千万年前のものだったのだ。

アンナは最初の〝爆弾〟を投下することを決意した。腕時計の針は九時三十分を指している。つまりニューヨークは一九時三十分だ。パソコンの前に座り、ビデオコミュニケーションソフトに先方のユーザー名を入れた。すぐに衛星がアメリカに向けて通信を開始する。接続を待つ間に、アンナは通信相手である『サイエンス&ネイチャー』編集長のアクセル・カッサードのことを思い出していた。

数年前の国際会議で初めて出会った時の彼は、感じがよくて、退化現象についても興味を示していた。今回の〝爆弾〟は、『サイエンス&ネイチャー』にしてみれば夢のような大発見になるだろう。だが、そのためには、ねつ造ではないことをカッサードに納得させなければならない。科学誌の記者なら誰しも、二十世紀初めに発掘された〈ピルトダウン人〉の事件を教訓にしている。当初、この〈ピルトダウン人〉は人間とサルの中間種と目されていたが、しばらくして、オランウータンの顎と人間の頭がい骨の寄せ集めであると暴露されたのだ。

接続を試みてから約十分が経過しているのに、悪天候のせいか回線がうまくつながらない。電話もだめだったので、アンナはしかたなく、カッサードの留守番電話にメッセージを残し、うまく聞きとってもらえますようにと願った。

「まったく、何て天気なのよ!」電話を切ったあと、アンナは文句を言った。

すでに学生たちは洞窟に戻っている。アンナも急いで防水ジャケットをはおり、現場に行こうとした矢先、森に向かう道に見慣れないトヨタの四駆が現れた。車は小屋のあたりでぬかるみにタイヤを取られ、止まった。新車らしきその車からひとりの男が降りて、雨を避けながらアンナのほうへ駆けてくる。白いシャツを着て上品なトレーニングパンツをはいているが、せっかくのパンツに泥が跳ねていた。頭にかぶったコロニアルスタイルのステットソン帽子から判断する限り、彼は場違いな旅行者にしか思えない。ただ、これほど悪趣味な格好をしているのに、笑顔のおかげで印象はとてもよかった。アンナはこの突然の登場をいぶかしみながらも、男に笑みを返した。

「古生物学者のアンナ・ムニエさんで間違いないですか？」

男は軽いポルトガル訛りのあるフランス語で尋ねてきた。

「はい、わたしですけど」

「ようやくお会いできました。ここに来る道がまるで迷路のようだったので、途中で二度も立ち往生してしまいましたよ」

「それは大変でしたね。とにかく、ニューギニアへようこそ」

アンナが答えると男は手を差しだし、真面目な口調で自己紹介を始める。

「ルーカス・カルヴァーリョと申します。ＷＨＯに勤務の生物学者です」

誰かと勘違いされていると思いつつ、アンナは興味を引かれてルーカスを見つめた。年齢は自分と似たようなものだろう。背が高く、整った顔立ちをしている。目が切れ長で瞳の色が黒いということは、祖先にアジアの血が混じっているのかもしれない。魅力的な獅子鼻で、頬が高くて唇が厚い。つまり、ひと言で表現するなら完璧な男だ。しかも、これほど滑稽な帽子をかぶっているのに、強烈な色気を放っている。

（ヤンとうまくいっていたら、こんな品定めみたいなことしてたかしら？）

そう思いながら、アンナはルーカスに声をかけた。

「公衆衛生上の問題が発生したのですか？　感染症でしょうか、コレラとか……」

「僕が知る限り、この地域にそうした問題はありません」

「まさか、わたしに会うためだけにジュネーヴからやってきたわけじゃないですよね？　そんなことをされたらシャンパンをご馳走しなきゃならないわ」

「ですが、おっしゃる通りなんですよ、ムニエさん」

「わたしをからかっているの？」

「いえ、それは一切ありません。実は、ムニエさんの衛星電話に連絡したんですが、応答がなかったのでこうして直接うかがいました」

「ごめんなさい、この天候で回線がつながらなかったのね。シャンパンの代わりに、ビールならご馳走できますよ。ここは本当に暑いでしょ？」アンナはからかうように言った。

「それはありがたい。暑さもそうですが、明け方からずっと運転していたせいで、もうくたくたなんです」

ルーカスに生き生きとした目で熱っぽく見つめられ、アンナは戸惑った。本当に、WHOの職員にしては色気がありすぎる。

「どうぞ、食堂にご案内します」

キッチン代わりのテントに入ると、ずいぶん前からまったく冷えなくなった簡易式冷蔵庫から缶ビールをふたつ取りだして、プルタブを引き、ひとつを色男に渡した。アンナは興味津々になっていた。

「それで？　ここまで来た理由を説明してくださる？」

「僕は、WHO感染症対策本部長のステファン・ゴードンから委任されたんです」

「あら、わたしがお役に立てるとは思えないわ」

「病気の動物について、意見をお聞かせいただきたいんです。とある施設で保護されているゾウに気になる症状が表れているんですよ」

アンナが、自分は門外漢だと訴えようとしたところに、ルーカスが言葉を続けた。

「特殊な病気だということは想像できますよね。そうでなきゃ、僕はここまで来ない」

「わたしはカルヴァーリョさんと違って生物学者ではないので、話についていけません。古生物学がどういったものかはご存じ？」

「もちろんですよ。あなたが学会で発表した内容が、多くの議論を引き起こしたことも知っています。いや、今後も議論は続くでしょう。だからこそ、ゴードンはあなたにそのゾウを見ていただきたいと思っている。実際に見ていただけたら、あなたもゾウの病状に必ず興味を引かれるはずです。あなたの研究にも反映されるでしょう。パリ国立自然史博物館のバランスキー館長も言っていましたが――」

「待ってください、館長がわたしのことを話したんですか？」

「ええ」

「いい話じゃないわよね？」

「正直に申し上げます。あなたの学説は、同僚に強い拒否感を引き起こした、と言っていました。ですがバランスキー氏は、あなたの能力については認めていましたよ」

「病気についてはわかりました。でも、よけいなことまで言わなくて結構です。わたしにはどうでもいいことですから。それで、病気のゾウはどこにいるんですか？」

「南アフリカです」

アンナは笑いだした。缶ビールをテーブルに置いて、そこに出しっぱなしにしていたクリップを取り、髪をゆったりとまとめる。

「素晴らしいわ、カルヴァーリョさん。このところ、湿気と蚊がひどくてまったく眠れなかったの。でも、あなたのおかげで楽しい気分になれたわ」

「僕はいたって真面目ですよ」

「わたしに南アフリカまで行けと言っているの?」

返事の代わりに、彼は鞄から書類とシェルターで撮ってきたゾウの写真を出した。そこに写っている四本の牙が、つくりもののように見える。

「おわかりだと思いますが、ゴンフォテリウムです。現代のゾウの祖先ですよね」

「その写真はどこで撮ってきたんですか?」

「もうお伝えしたでしょう?」

「もっと詳しく教えてください」

「クルーガー国立公園です。シェルターの責任者であるダニー・アビケールが撮りました。おそらく、ゾウはこの形状で生まれたわけではありません。ある種のウイルスに感染した結果、こうなったと思われます」

アンナは子ゾウのアップの写真を注意深く見つめ、からかわれているのだろうと思った。合成写真かもしれない。

「推測の段階ですが」ルーカスが続ける。「我々は、このウイルスが生き物の形状的退化を促進させると考えています。問題は、厚皮動物のみが感染するわけではないということですよ。プレトリアの研究所が、テナガザルに子ゾウの血液を移植しました。すると、数日で形状が変わり、数十センチの尾が生えたのです。大昔にいた彼らの祖先にも、同様に尾がありました」

「冗談じゃなくて？」

「あなたはどう思いますか？　ゴードンは、あなたがアフリカに行って、我々の仮説を証明してくださることを希望しています」

「あなたの上司はＷＨＯで何をやっていらっしゃるんでしたっけ？」

「感染症対策本部長です。この種のウイルスが引き起こすであろう被害は、おわかりですよね？」

アンナは黙ってしまった。ビールのせいで少しくらくらする。

「ムニエさん、アフリカに行っていただくことはできますか？」

一瞬躊躇《ちゅうちょ》して、アンナはしぶしぶ答えた。

「学生たちを残していくことはできません。わたしは彼らに責任があります。少人数でやっていますから、問題が起こってしまうと……。それに、化石を発見したばかりなんです。とてもじゃないけど――」

「ひとつ質問させてください。退化現象は人間に及ぶとお考えですか？」

「何が言いたいの？」

「お伝えした通りの意味ですよ。なぜWHOがこのウイルスに関心を持つのか、おわかりになりませんか？　現段階で感染しているのはゾウとサルだけです。ところが、この二種の間に関係性はまったくありません。汚染されたゾウの血液を移植したら、サルが感染したという事実があるのみです。もともとの感染源も、自然界でどう変化するのかもわかっていません。では、このウイルスが変異して、クルーガー国立公園の警備員や旅行者に感染したらどうなるか、考えてみてください」

「本当に人間に感染すると考えているんですか？」

「このウイルスは実に狡猾です。電子顕微鏡で見ても一般的な出血熱の様相しか呈していない。それだけでも恐ろしいのに、こいつには持続性があるんです。まさにエイズウイルスそのものですよ。変異率も高い。我々は、ヒト型株の出現もあり得ることだと考えています」

「ですが、そのウイルスが種の退化を引き起こす仕組みがわかりません」

「それが知りたければ方法はひとつしかありません。僕と南アフリカに行って、このゾウを調べてください」

アンナは唖然としてしまい、ルーカスから少し距離を取った。退化ウイルス……。動物の退化について自分が唱えていたものとは違うだろうが、理論は似通っている。どちらも目がくらむほど過去に遡るものだ。

あっけにとられながらも、アンナは少し興奮していた。一度に多くのことが起こりすぎたので、方向性を決め、考える時間が必要だった。クリップで髪を止めなおし、頭を振ってみる。誰かに自説を支持されたのは初めてだった。しかも、わざわざヨーロッパから自分を探しにきてくれたのだ！　いっぽうで、アーケオプテリクスの化石のほうは、現実的に考えて、学界がこの発見を認めるまでに数カ月、場合によってはそれ以上かかるだろう。それに、この偶然はあまりに魅力的で、何らかの予兆のようでもある。南アフリカに行けば、数年来進めてきたことの生きた証拠を得られるのではないか？

アンナは振り返り、にっこり笑った。

心は決まっていた。

プレトリア
南アフリカ内務及び安全保障省

八月四日十四時

クルーガー国立公園は、新たな指示があるまで観光客の受け入れを中止する。この間、WHO職員ならびにワイルドライフセンターの各責任者、パトロールレンジャーは、随時公園内を巡回のこと。

違反者は罰金十万ランドを支払う。

内務及び安全保障大臣であるジョン・シャボンゴの決定は、すぐに観光局——同公園は外国人旅行客による人気の観光スポットになっているため——とレンジャー部隊に通達された。これによって、日没までに、公園とワイルドライフセンターのシェルターから職員のほとんどが退去を余儀なくされた。南北に三百六十キロメートル、東西に六十五キロメートルの幅を有する敷地からは、一部を残して人がいなくなった。

四

アンナとルーカスを乗せた飛行機は、ヨハネスブルグの空港に着陸した。アンナはタラップを降りながら、熱い空気を思い切り吸いこんだ。肺に活力が満ちていく。ついに南アフリカの地を踏むことができて、不思議な興奮を覚えた。古生物学者なら誰しも、最初のヒトが生きた、〈人類のゆりかご〉と呼ばれるこの大地に来ることを夢見ている。アンナは学生たちを置いてきたことに若干のうしろめたさを感じながらも、サバンナの奥地を訪れ、WHOが懸念する子ゾウを調べたくてうずうずしていた。ニューギニアで発掘したアーケオプテリクスや、そのほかの化石をパリの博物館に輸送する件については、ジョイとカートが先頭に立って動いてくれるだろう。きっと、ふたりの研究論文のためにも素晴らしい経験となる。あとは、自分たちの翼で飛びたっていけるはずだ。

結局アンナは誰にも、バランスキーはもちろんヤンにさえ、件の化石については黙っていることにした。館長には発掘が終了し、学生たちが戻るとだけ伝えてある。ルーカスの言っていたことが事実なら、つまり、ほんのわずかでも子ゾウに自分の仮説を証明する可能性があるなら、すべてがひっくり返るかもしれないのだ。その可能性が見込める以上、アーケオプテリクスの件で上司をわずらわせることはしたくなかった。

前を歩くルーカスが、しっかりとした足取りで進んでいく。彼が機内で熟睡してしまったために、アンナは十分な情報を得ることができなかった。そのせいか、税関まで来たところで、ふと不安が胸をよぎった。悪質ないたずらか、ただの奇形であることが判明してしまったら？　ＷＨＯの職員はそうそう現場までは行かないので、評判のよくない管理人や張り切りすぎの飼育員の思い込みを、真に受けてしまう可能性もあるが……。考え込んでいたアンナの目に〈ようこそ、カルヴァーリョさん〉という文字が飛びこんできた。

ボードを持っていたのは、シェルターの責任者であるダニー・アビケールだった。背が高く、六十代だと知らされても、それよりずっと若く見える。Ｔシャツの下には盛り上がった筋肉が隠れ、髪形や風貌が、かつてサバンナで暮らしていた狩猟採集民族を思わせた。瞳は青く、右頬にＬ字の傷痕がある。ただ、顔面は歓迎一色であり、屈強な人間のわりに表情は柔らかい。彼の差しだした手が、アンナの手をがっしり握る。心配していた評判のよくない管理人らしきところはどこにも見あたらなかった。

ダニーの自己紹介が終わったところで、今度はルーカスが、アンナをフランス人の古生物学者であると紹介した。ルーカスはうなずき返したダニーを見て、彼女と初めて会った時の自分を思い出した。ステファンから事前に知らされていたにもかかわらず、実際に目にした時の彼女の美しさは衝撃的だった。ダニーもまた、紳士的な態度を保ちながらも、彼女の容姿に釘づけになっているように見える。ルーカスは改めて、寝不足で疲れ切った表情をしていようが、アンナの美しさは人を魅了せずにいられないのだと思い知らされた。

「ようこそ南アフリカへ。ムニエさん」アビケールが英語で声をかけた。

「わたしのことはアンナとお呼びください」

「とても魅力的な話し方をなさる」

「あら、フランス語の訛りが出てしまったようですね」

「それがいいんですよ……」

まるでダニーがアンナを口説いているように聞こえ、ルーカスは少しだけ不愉快な気分になったが、間に割って入ることはこらえた。彼女は立派な大人であり、自分で対処できるだろう。美しい容姿が引き起こす反応にまるで無頓着のように見えたとしても、だ。ただ、本当に意識していないのか、あるいはそれが彼女なりの防御方法なのか、ルーカスにはわからなかった。ダニーはすでに口調を改め、本題に入っている。

「こちらはとんでもないことになっていますよ。ウイルス学者のキャシー・クラップが、お出迎えできずに申し訳ないと言っていました。彼女が警告を発した張本人なんですが、仕事が多すぎて身動きが取れないんです。私もあなたが来てくださると知って、本当に安心しました。さっそく子ゾウのところにお連れしましょう。それに〝サプライズ〟も用意していますからね」

アンナは疑いを隠そうともせず率直に言い返した。

「わたしも子ゾウが見たくてしかたありません。ただ、正直なところ、真偽については疑っています」

ルーカスが思い出したようにダニーに尋ねた。

「まさか……記者に嗅ぎつかれていませんよね？」

「ご安心ください、大丈夫です。それに、当局が数日前にクルーガー国立公園を閉鎖したので、今は誰も中に入れません。我々は落ち着いて仕事ができますよ。もっとも、すでに多くの混乱が生じているので、すみやかに対策を取らなければメディアに引っ掻きまわされてしまうでしょうね」

三人はあれこれ話しあいながら空港の駐車場に到着した。ダニーが大型のピックアップトラックを指差すと、車の中から十歳くらいの少年が顔を見せた。白に近いブロンドのぼさぼさ頭で、よく日に焼けている。少年は近づいてくる三人に、にっこり笑って手を振った。

「七まで数えた！」少年がアビケールに叫ぶ。

「本当か？」

「うん、おじいちゃん」

「じゃあ賭けはおまえの勝ちだな」

ダニーはからかうように言ってうなずいた。

「待っている間に〈ランドクルーザー〉が何台通るか、孫と賭けをしていたんです。予定より長く待たせてしまったようだ。この子は私の孫のカイル、すべての始まりとなった子供です。カイル、お客さんを紹介するよ。アンナとルーカスだ」

今度はアンナのほうを向き、見るからに誇らしげな様子で続けた。

「このカイルが子ゾウを発見しました。暇さえあればシェルターに入り浸っているので、何ひとつ見逃さないんですよ。この子の母親がクルーガー国立公園内でロッジを営んでおりまして、そこで暮らしているんです。ここから直線距離で約三十キロほどですね」

「こんにちは、カイル」アンナが微笑んだ。「ねえ、ゾウに名前はつけた？」

「〈四つ牙〉。でも、あんまりかっこよくないかもしれない」

「あら、わたしはすごくいいと思うけど？　実を言うとね、〈四つ牙〉に会いたくてしかたがないの。わたしにも紹介してもらえるかな？」

「うん、いいよ！」

思いついたようにカイルが訊いてくる。

「アンナも獣医さんなの？」

「いいえ、むしろルーカスの仕事がそれに近いわね。わたしは古生物学者よ。どういう仕事か知ってる？」

「遺跡を調べるの？」

「ちょっと似ているかな。ただし、調べるのは大昔に生きていたものすごく古い動物の骨よ」

「恐竜とか？」

「そう、大当たり！」

「だから〈四つ牙〉に会いたいの？」

「全部わかっているのね」

アンナは驚きながらも楽しくなって、ダニーに尋ねた。

「この子にも説明したんですか？」

「ええ、もちろん。カイルは歳のわりに利発な子供です。大人になったらシェルターを継ぐと言ってくれたので、私たちはパートナーになったんですよ。いや、正直申し上げて、子供には本当のことを教えたほうがいい。嘘やごまかしで安心するのは大人だけですから……」

クルーガー国立公園までは、車で四時間はかかるという。カイルが肩にもたれて眠ってしまったあと、アンナはルーカスとダニーの話し相手になりながら、少しずつふたりについて知っていった。到着すればたいへんな仕事が待っているにせよ、学生たちに対する責任や化石の管理から開放されたおかげで、彼女はだいぶ気が楽になっていた。

ルーカスとは科学のあれこれや、ニューギニアの天候について――発掘現場に一番近い空港へ向かう道が大雨で水浸しになり、何度もぬかるみにタイヤを取られたのだ――言葉を交わした。アンナはまた、ルーカスがフランス文学とイタリア絵画とマーシャルアーツにはまっていることを知った。北アフリカ出身の父親と、ヨーロッパとアジアにルーツを持つ母親との間に生まれた彼は、学生時代の恋人と結婚し、三十五歳の若さですでにカイルと同じ年頃の息子がふたりいる。ルーカスは生物学と政治に情熱を傾け、ＷＨＯという世界最高峰の保健機関に就職したことで、ふたつの野望を同時に叶えてみせた。彼は、やってできないことはないはずだと信じ、世の中を変えたいと願っている。

ルーカスに負けず劣らず、ダニーもまた素晴らしい人間だった。広告の仕事に見切りをつけた彼は、なんと五十二歳で獣医の資格を取得した。その後、長らく行政に働きかけ、ついにクルーガー国立公園内に治療センターを開く許可を取りつけた。それから八年がたった今も、彼が運営するシェルターは成功し発展を続けている。彼もルーカス同様、人生を貪欲に楽しんでいるように見えた。

高速道路を降りる頃、アンナは急に時差ぼけを感じ、眠くてどうしようもなくなった。窓を開けて顔に風を浴びる。ニューギニアのべとつく湿気を経験したあとでは、乾燥した空気が心地よかった。向こうでは一時間で洋服がびしょ濡れの雑巾のようになり、ジョイの罵倒が止まらなくなる。アンナは彼女のことを思い出して微笑み、化石はどこまで梱包されただろうかと想像して、それ以上考えることはやめた。人生の重大な岐路に立っているという時に、輸送ケースに気をとられている場合ではない。

しばらくぼんやりしていると、目の前に怒っているヤンの顔が現れた。

(まさか、わたしが南アフリカにいるなんて、思ってもいないでしょうね……。アーケオプテリクスを発見したことも、わたしが人生の岐路にいることも知らないんだわ。でも、ヤンにとってはどうでもいいことでしょうし、わたしからは話せないもの!)

アンナは泣きそうになったが、嗚咽をこらえて乱暴にまぶたをこすり、また窓の外を眺めた。一般道に来てから、レンジャーを乗せたジープや警察車両が増えたように思えたが、これも当局からの指示なのかもしれない。ただ、そのことをわざわざダニーに確認する気にはなれなかった。

車はようやくムプマランガ州マレラネの町までできた。ピックアップトラックがでこぼこ道を走りつづけても、カイルは揺れをゆりかご代わりに熟睡している。アンナは、こんなところでよく眠れるものだと感心しながら柔らかい髪を撫で、この不思議な一行について思いを巡らせた。人生経験豊富な祖父とその孫、ルーカス、そして、請われるままここに来て途方に暮れている自分……。と、ダニーが口を開いた。

「ようこそ、クルーガー国立公園ワイドルライフセンターへ」

カイルが飛び起きた。目がまだぼんやりしている。

「着いたの？」

「そうだよ、見覚えがあるだろう？」

優しく孫の相手をするダニーに心を奪われ、アンナは憂いを忘れていた。

車はそのまま敷地内を進む。私道に沿って延々と柵が続き、その光景が、治療中の動物を収容するシェルターというよりは、むしろ自然動物園に思えてくる。アンナはここに、アフリカの動物相《フォーナ》がダイジェスト版で展開されているような錯覚を覚えた——ダチョウ、カンガルー、キリン、サイ、ハイエナ、マングース、子供を連れたブロンドのメスライオン、インパラ、二頭のシマウマ、木にぶらさがった数頭のサル……。一キロほど行ったところで、建物が集まっている広場が現れた。

「診察室と手術室です」ダニーが説明する。

そこからさらに五百メートルほど行った柵の前で、ピックアップトラックが止まった。興奮したカイルが車から飛び降りて言った。

「あの子が〈四つ牙〉だよ！」

「嘘でしょ！」アンナは思わず叫んだ。

どう見ても、まったく疑う余地はなかった。ほこりまみれのフロントガラスの向こうで、ゴンフォテリウムがのんびりと日光浴をしている。

アンナも車から降りてから、身体をつねって、夢でないことを確かめたくなった。それほど目の前の光景が現実離れしている。ゴンフォテリウムの特徴である二対の牙のせいか、現在のゾウよりもずっと強そうだ。感動のあまり、思わず声が上ずってしまう。

「もっと近くに行ってもいいですか？」

「ええ、もちろんです」ダニーが答えた。「カイルは車の中で待っていなさい」

「おじいちゃん、どうして？　あの子を見つけたのはぼくだよ！　ぼくも一緒に行きたい」

「だめだと言ったらだめだ。どういう病気を持っているかわからないんだから、離れていなさい」

「でも、おじいちゃんたちはあの子のところに行くんでしょ？」

「絶対に許さないぞ。言うことを聞かないなら、シェルターに戻りなさい」

「……わかった」

　カイルは引き際をわきまえていた。納得できないはずなのに、車に乗ってウインドーに鼻をこすりつけたままおとなしく座っている。

「アンナ、ルーカス、あなたたちは先に行ってください。何かあれば私が援護しますが、くれぐれも慎重に行動してくださいよ。ゾウは異様に気性が荒いんです」

　あれはもうゾウではないと反論しかけて、アンナは口をつぐんだ。ダニーの気が変わり、柵に入れてもらえなくなったら困る。

　ダニーは麻酔銃の準備をしていた。彼の指示に従い、アンナとルーカスは伸縮性のあるエラストマー素材のグローブをはめてから、アンナを先頭にして柵の扉の前に立った。金属製の軸を起こして中に入り、奥に進む。ゴンフォテリウムはじっとしたまま瞬きをした。その周辺の、約二十平方メートル内に生えていたはずの草が完全になくなり、粉砕機にかけられたように乾いた土がむきだしになっている。だが、驚くことではない。太古の昔は土を掘って餌を探していたのだから。

（そう、土を掘っていたのよ……）

アンナは古の時代に思いを馳せた。現実では、今この瞬間に存在するはずがない動物が、ほこりにまみれて座っている。

目の前まで行ってひざをついた。本物であることを確認するためには、触ってみなければならない。アンナはゆっくり手をのばした。月に降りたつアームストロングの映像が頭をよぎる。指が、自分とゴンフォテリウムの間にある空間をさまよう。たった十センチしかないこの距離が、数千万年の時に匹敵するなんて……。ゴンフォテリウムは変わらずじっとしている。人間の姿が目に入っていないかのようだ。アフリカゾウと違い、頭の上にコブがない。ごわごわした灰色の肌に触れて、そのまま手を押しつけた。心臓の拍動を感じる。続いて、現代のゾウにはない牙に手をのばし、直前で触れるのをやめた。取り返しのつかないことになりかねない。

隣にルーカスが来て、ひざをついた。彼は灰色がかった表皮に目を奪われているようだ。アンナは小声で尋ねた。

「何を見ているんですか?」

「ゾウは形態が変わる前に、感染症のせいでひどい傷を負っていた。その形跡があるか確認しているんですよ」

「それで?」

「形跡はまったくない」

うしろにいるダニーが、小声でルーカスに同意する。

「伝えたでしょう、完治したって」

「ええ、感染症などなかったかのようだ」

「それは驚くようなことですか？」アンナが訊いた。

「いや、そんなことはない。ただ、こんなふうに治ってしまうと、あまりいい予感はしないな」

「そうですか……」アンナは続けた。「わたしが見た限り〈四つ牙〉はゴンフォテリウムに間違いありません」

「断言できますか？」

ルーカスの顔色が変わり、深刻な表情になっている。

「ええ。外見だけなら百パーセントそうだと言い切れますが、わたしは古生物学者であって、生物学者ではないので……。血液検査の結果はどうだったんですか？　そちらでも調べたはずですよね？」

「もちろん。今のところ、ＤＮＡがゾウと顕著に異なることがわかっています。だからこそ、あなたに依頼したんですよ」

「やっぱりゴンフォテリウムなんですね！　わたしたちはこの目で、過去の時代に生きていたはずの動物を観察しているんだわ！」

アンナの声に反応してゴンフォテリウムが立ち上がり、三人は急いでうしろに下がった。ゴンフォテリウムは雷鳴のような咆哮をあげ、片耳をばたつかせてハエの大軍を追いやり、場所を数メートル移動して木の下に座った。

三人と車の中にいるカイルは、その姿を目を輝かせて見ていた。

五

ヤン・ルベルは、ディナーの席で自分が潜水調査艇に乗って深海調査を行っていることが知れわたると、いつも同じ質問を浴びせられる。「缶詰にされたまま千メートルの海底にいるのはどんな気持ちがするのかしら?」「トイレが我慢できない時はどうするんですか?」「何かトラブルが発生したら?」「パニックに襲われてしまうでしょう?」すると、彼のほうでもいつも同じ答えを返す。「問題はないですね。ラッシュアワーにパリの環状線で渋滞にはまるようなものです」これでめでたく変わり者のレッテルを貼られ、その代わりにもう面倒な質問にわずらわされずにすむのだ。

愛する人々に対しては、もちろんあれこれ話してきかせる。海底の茶色い水の中を降下する際に感じる、何とも言えない眩暈《めまい》。あるいは、静けさを破るレーダーの警告音。たまに、息ができなくなる幻覚にとらわれ、そんな時は、海の中ではないどこか別の場所にいるような妙な気分になる。そこではいかなる生物も生きてはいけないのだ……。

こうした、深海ならではの不安があるいっぽうで、突然現れる〈ブラックスモーカー〉に驚かされることもある。これは、海底から垂直に伸びる巨大な葉巻に似た凝固物で、先端からミネラルを多く含む灼熱の黒い流体が噴出するのだ。喫煙者の肺にたまった汚物とそれほど変わらないのではないかと、ヤンはよくおもしろがって考える。

そのヤンが、気の合う同僚のリュシー・ドールとともに、ここ太平洋のクラシ海底火山周辺の探査を始めてもう二カ月になる。そろそろ海にもぐることにも飽きてきたところだった。ヤンは額をこすり、身体をのばして筋肉をほぐした。そこまでしても、こわばった関節をゆるめることはできない。

父方の遺伝子のおかげで頑丈な骨格に恵まれたが、この身体つきは、わずか四立方メートルしかない潜水調査艇〈ノティール号〉向きではなかった。それに、生まれつきだけでこれほどの体格になったわけではない。出身は、山岳地帯として名高いイゼール県の首都グルノーブル。山岳ガイドだった父親の影響で子供の頃から山登りに熱中し、十六歳ですでに経験豊かなアルピニストになっていた。絶壁を〝読む〟能力があり、ネコのように動き、八千メートル級の山にも挑む。地元のあらゆるルートは攻略ずみだった。十七歳でフランス国内の階級チャンピオンとなり、世界タイトルも視野に入っていたのである。若手注目株としてスポンサーもつきはじめていた。あの時代、山を登ること以上に大事なものはなかった。

ところがある日、とんでもないことが起こった。馴染みの山小屋で行われたパーティーで、浮かれ気分のまま北側の切妻屋根をよじ登り、ぶざまに足を踏みはずしたのだ。そのまま八メートル落下して、左大腿骨が夢とともに砕けた。半年間のリハビリを終えたあと、ヤンは別の道に進むことを強いられ、傷心のまま大学の生物学科に入学した。アルピニストの道が断たれたことに耐えられず、かつての夢とできる限りかけ離れた海洋研究を選択したのである。それ以来、うまくいかないことがあるたびにあの苦い思いがよみがえり、苦しくてしかたがない。ヤンはこの経験からひとつの法則を学んだ。

《目標を定めたら確実に手に入れろ》

この法則は山に限らず、愛に対しても適用される。

最近ずっと、アンナのことが頭から離れなかった。ヤンは早く陸地に戻り、ふたりの現状について考えたかった。不安に飲み込まれそうなのは自覚している。ただ、もう追いすがることはしないと決めていた。アンナはわけのわからない古生物学の自説にとりつかれている。そのせいでふたりの距離が離れてしまうことに、ヤンはうんざりしていた。

彼女は調査のためならどんな小さな機会も逃さず、アフリカ大陸に飛び、中国の砂漠地帯やウズベキスタンの僻地に出向く。ふたりがバカンスで過ごすための場所ですら、ヤンの希望が却下され、アンナが決めるようになってずいぶんになる。たいていは、あまり心惹かれる場所ではない。

今はそれぞれが仕事に戻り、別々の場所に滞在しているせいで、スカイプしか愛を確かめあう手段がなかった。それなのに、アンナは大事な日々を学生たちに捧げ、ヤンがふたりのために何か計画しても、いつも頓挫してしまう。寂しさを嘆いたところで無駄だった。そんなことが続けば、愛だと思っていたものが幻やまがい物に見えてくる。近頃では義務のように感じて、つらくなるばかりだ。互いに対してあったはずの忠誠は、ヤンだけに圧しかかるようになった。考えたくないのに、ふたりの関係を続けていけるのかよくわからなくなる。一年のうち三カ月しか一緒にいられず、残りの長い時間を顔も合わせず過ごしている状況で、永遠を誓ってどうなる？　相手を必要とする時に、会うことも、電話をかけることもできないなら……。つまり、空き時間にインターネットが使えるだけではだめなのだ。

ヤンは思わず悪態をついた。

そして、その姿を横にいるリュシーが何か言いたげに見ていた。

彼女はそれでも声をかけるのを我慢した。彼が感情的になっている時は特に、何をしたら怒らせるかよくわかっていたからだ。ヤンが苛立っている。リュシーはそれを感じ、そうなる理由が簡単に想像できた。そして、そのことにうしろめたい満足感を抱いている。

レーダーが熱水噴出孔の存在をとらえた。茶色く濁った暗がりの中に、ノティール号の強力なサーチライトを浴びて煙突状の凝固物が現れる。五メートルは超えているだろう。まるで冥府からほとばしりでてきたかのような出で立ちで、化け物じみていながらも美しい。

「最後にこれを見てから上がるとしようか?」ヤンがフロントガラスをぬぐいながらリュシーに尋ねた。

「仰せに従いますわ、ご主人様。上に戻ったら冷たいモヒートをつくってあげる」

「氷は二倍で頼む。カラカラの板になってしまいそうだ」

「ちょっと、笑わせないでよ! あなたが板になるの? そんな凄い腹筋を持っているのに?」

「リュシー、その気にさせないでくれ。こんなちっぽけな座薬の中じゃ服が脱げないんだ。見せびらかしたいが狭すぎる」

「ボーイズバンドの子たちみたいに裸を見せてくれるって? やめてよ、期待しちゃうじゃない」

　ヤンと大笑いしながら、リュシー自身も苛立っていた。波はあるにせよ、ずっと彼を愛している自分にうんざりしていた。実は、ふたりの間に肉体関係があった時期もあったのだ。三カ月は続いただろうか? もちろんそれは、聖なるアンナが登場する前の話だ。ヤンの偉大なる恋人の……。だが、その偉大な愛がうまくいっていないらしい。ここ最近いっそう彼に惹かれてしまうのはそのせいだろうか？

一気に暑くなり、リュシーは軽い頭痛を覚えた。〈ブラックスモーカー〉の影響で、室内の温度は三十二度を超えている。ノティール号は今や小型のサウナと化し、生き延びるには規定の防護服を脱ぎ捨て、Tシャツと短パン姿になるしかない。リュシーは操縦席に座るヤンの左側でへたばっていた。丸窓の向こうに、さえぎるもののない深海の景色が広がっている。

ヤンが仕事モードに戻り、真面目な口調で言った。

「サンプルの最終採取に取りかかる」

彼は採取のたびに決定打となるものを欲しがった。生命出現の謎に対する答えが、海底の熱水噴出孔に潜んでいると信じていたからだ。世界の海に約三十あると言われているスモーカー群は、生物が生息するにはあまりに条件が厳しい。海水温度はほぼ三百度まで上昇し、強力な酸がどのような形状のものも溶かしてしまう。それでいて、多くのエビや海綿動物にとってはオアシスとなっている。生命誕生の聖地であると考えたくなるのももっともではないか？

原初、地球はまさに化学的な現象に満ちた地獄のような世界であり、〈ブラックスモーカー〉という摩訶不思議な無機物の中で、多種多様な有機体が活発に活動していたという。だとしたら、あとは解明するしかない。四十億年以上前に、煌めく生命がどのようにして生まれでてきたのかを……。

物思いに浸っているヤンに、リュシーは容赦なく文句を並べた。

「今からやるの？　こんなところでよく耐えられるわね。わたしなんて、あなたの倍は汗をかいているわ」

「ほかのことを考えろ。それしか方法はない。俺は頭上を流れる熱湯以外のことを考えている」

「アンナのこととか？」

こらえきれず、言葉がリュシーの口を突いて出てしまった。

「おまえには関係ない」

間髪を入れずにそっけない答えが返され、リュシーは消えてしまいたくなった。もっとも、それはすぐ怒りに変わった。

「いいかげんにして！　あなたたちがうまくいっていないことはみんなが知っているわ。わたしをばかにしているの？」

「全部おまえの妄想だ。それに、アンナと何かあったとして、俺がおまえに言うと思うか？」

リュシーは顔を赤らめ、ヤンがすぐに後悔の表情を見せた。リュシーは、彼が胸の内を語りたがる人間でないことを理解していた。関係があった当時から、彼女は彼のそういう確固たる意志を尊重していたのだ。

ヤンは怒っていないことを伝えるため、口調を和らげた。

「先に手持ちのサンプルを分析したほうがいいな。今日はうまくいきそうだ。上に戻るか？」

すっかりしょげ返ったリュシーが小声で答える。

「あなたにまかせる」

「よし」

彼は一瞬躊躇したあと、わだかまりを残さないために、わざと軽い調子で続けた。

「リュス、アンナと俺のことは心配しなくていい。パリに戻ったらうんざりするほど見せつけてやる。凄い女と付きあっているせいで俺が死ぬほど苦しんでいるってな」

「わかったわよ、ミスター元気マン。あなたが正しいわ、いつものようにね」

「そしておまえは俺の一番の同僚だ」

「そうでしょうとも。だって同僚はわたしひとりしかいないじゃない」

雰囲気が落ち着いたところで、ヤンはマイクをつかみ、支援母船〈アタラント号〉の艦長に帰艦準備に入ることを告げた。数秒後、アタラント号から了解の返答があった。上昇ルートに障害物は何も見えない。ヤンは数百キロのバラストを積んでいるサイロの開放に取りかかった。

「よし、バラストを放出する」

すべてが手順通りに進んだ。経過分数と水深を示す数字がダッシュボードに表示されていく。千二百メートル、八百、四百……。二百メートルを超えたところで、ヤンが上昇を止めた。何かの影がサーチライトの光にかすったのだ。

「今の見たか？」ヤンは訊いた。

「何を？」

「何かが前を通り過ぎただろ」

「何か、って何よ？」

「ほら、見ろ！」

ヤンが叫び、リュシーは丸窓の前で動けなくなった。うしろ足で水をかく犬のような生き物が、一瞬だけ現れて闇に消えた。尾も確認できた。あれが触手とは思えない。

「あり得ないわ」思わずリュシーがつぶやく。

「わかる。だが俺もおまえも見たじゃないか」

「見たって、何を？」

ヤンは黙ってノティール号を旋回させた。だが、サーチライトは闇以外の何も照らしださない。

「おい、どこに隠れた？」

突然、ノティール号の前方から異音が聞こえた。何かを削る気配がする。サーチライトに食らいついているのかもしれない。

「ライトを攻撃しているんだわ！」

リュシーの顔が真っ青になった。ヤンは彼女を落ち着かせようと、そっと手に触れた。

「落ち着けよ、リュス。こっちは厚さ五センチのポリエチレン製だ。好きにさせておけばいい。それより奴の正体を探ってみないか……」

ヤンは左に舵を切った。いない。謎の生き物はすでに移動してしまったようだ。ヤンはまたバラストを捨てて上昇した。異音はもう聞こえなくなっていた。

「奴の正体をつきとめたかったが、数十万ユーロもするこいつを危険にさらすわけにはいかないよな、リュス？」

リュシーは声を出すことができず、首を振って同意を伝えた。それから海面に着くまでは、ふたりはひと言も口をきかなかった。しばらく悪夢のような白昼夢の中にいて、聞きなれた甲高い音でようやく現実に戻った。

ザトウクジラの鳴き声だった。

六

アンナとルーカスは、ダニーの娘のメアリーが経営するロッジに滞在することになり、それぞれの部屋に案内された。ふたりが贅沢すぎる部屋に困惑していると、メアリーは、全室あいているので遠慮せずに使ってほしいと笑いながら言った。公園の閉鎖でこの先しばらくは客が見込めず、売り上げ的には大打撃だ。それでも、これればかりは誰にもどうすることもできない。

三十二歳になるメアリーは、金髪ではかなげな風貌のせいか、サファリホテルの経営者よりも、大企業のオフィスにいるほうがしっくりくる。ただし、実際は数々の苦労を乗り越えてきただけあって、その見た目に反して、驚くほど頑固な一面を隠しもっている。

夫はカイルが赤ん坊だった頃に亡くなり、大半の友人はまだ独身で、彼女自身も遊びたい盛りの年齢で未亡人になってしまった。それからしばらくして、父親がシェルターを立ち上げるのを機に、彼から援助を受けて公園内にロッジを購入した。彼女はその経営に心血を注ぎながらも、自然に囲まれた生活を大いに楽しんでいた。ところが、息子が成長してくると、夫がいないことでどうしても問題が生じてくる。そこで彼女はカイルを父親に託し、できるかぎり面倒をみてもらうことにした。息子には大人の男性が必要であるが、ダニーに負けない不屈の求愛者が現れない以上は、これ以外に方法はない。おかげでカイルは祖父から与えられる無償の愛に包まれて、すくすくと成長している。

シャワーと簡単な食事をすませたアンナとルーカスは、ダニーが空港で約束してくれた〝サプライズ〟を見にいくことになった。カイルも一緒に行きたがったが、ダニーは帰ったら話をしてやると言い聞かせ、孫をロッジに残した。

三人を乗せたピックアップトラックは、公園内の専用道路を北に向かって進んだ。灌木が点在する平原に、目もくらむような太陽光が容赦なく振りそそぐ。小一時間走っても観光バスは一台も現れず、派手なバケットハットをかぶった観光客や団体旅行者の姿もない。その代わり、レンジャーを乗せたジープが閑散とした道路を走りさっていく。アンナとルーカスは忍びよる悲劇を肌で感じながらも、なぜか現実のこととは思えずにいた。

やがて、道の先に電気柵を設置する男たちの姿が現れた。何かの対策を講じているらしい。ルーカスは驚いて尋ねた。

「公園は閉鎖されたはずでしょう。彼らは何をしているんですか?」

「警備を固めているんですよ」ダニーが答える。

「公園のど真ん中で？」

「もう少し行ったらわかりますから」

車は傾斜のきつい丘を登っていった。頂上に到着するとダニーがエンジンを切り、ふたりに降りるよう促した。眼下に、キラキラと輝く湖が見える。渦を巻く大きな円が、植物相と動物相のためのオアシスと化していた。大木が湖を囲みながら森に続く道を描き、湖水と緑地を分かつ帯状の土地に立つ木々が、光を反射する湖面に背の高い影を映す。

あまりに壮大で、この世のものとは思えない。

ルーカスが小さく「ちくしょう」とつぶやいた。驚くと同時に怒っているようだ。アンナは思わず息を止めていた。

「あそこにいる種を特定できますか？」ダニーが厳かに尋ねる。

「いくつかであれば確認しました」

アンナは自分でも、なぜ、これほど落ち着いた声でこんなにしっかり返事ができたのか、わからなかった。

まっさきに、成体のゴンフォテリウムが目に留まった。四頭が集まって、体に水をかけている。その隣で白い毛のシマウマが顔を起こし、何かの臭いを嗅いでいた。

「あそこにいるのは、ウマとシマウマの一番近い祖先であるプレシップスだと思います」

アンナは双眼鏡を動物の足元に向けて、ぬかるみに点在する足跡を確認した。

「ごめんなさい、違うみたい……爪が三つに割れているわ。プレシップスの場合は、馬と一緒でひとかたまりになっているんです。そうすると、ディノヒップスかもしれません。シマウマの父親ではなくておじいさんということですね」

キリンの親子もいた。子供が一心に乳を飲み、母親は黄色い花をつけたアカシアの葉を食《は》んでいる。子孫である現代のキリンよりも、体ががっしりして首が短い。頭には、ヘラジカの角を思わせる四つのオシコーン(訳注)を頂いていた。

「目の上に一対のオシコーンがあって、もう一対は鼻の近くにあるわ！」アンナは興奮していた。「これで敵から身を守っているのね。あの子たちは、三千万年前に生息していたギラッフォケリクスじゃないかしら」

「より正確には、二千五百万年前ですよね」ダニーが言った。「私のほうでも少し調べてみたんです」

「でもあのキリンの子が生まれたのは――」

「ほんの数週間前ですよ。レンジャーが最初にあの親子を見つけて、そのあと、ほかにも退化種がいることを確認しました」

「このことを知っているのは誰ですか？」

ルーカスがぶしつけにふたりの会話に割って入った。生物学的見地から心配したというより、危険を察知して、それで頭がいっぱいになっているようだ。ダニーが答えた。

「キャシー・クラッブと彼女のチーム、南アフリカ政府、レンジャーです。奥地で暮らす猟師からも報告がありました。そして、あなた方だ。退化した動物たちの存在がわかったのは、国立公園が閉鎖された翌々日だったんですよ。観光客の目に触れられずにすんで本当によかった……見つかっていたらどんな騒ぎになったことか！　先ほど電子柵を設置していたでしょう？　あれは〝先史時代の動物〟を隔離するためだったんです」

「まさか、これでウイルスを封じ込められたとは誰も思っていませんよね？」

「もちろん。これは一時的な緊急措置です」

アンナはふたりの会話をほぼ聞いていなかった。もはや疑う余地はない。動物たちに感染したウイルスが、退化現象を引き起こしたのだ。彼女は、ニューギニアで見つかったアーケオプテリクスもこれと似た経緯をたどったのではないかと考えた。それなら、いるはずのない一千万年前の地層から発掘されたことの説明がつく。あとは、この現象が繰り返されたことを証明しなければならない。ウイルスは一千万年前と今この時の、二度発生したことになる。少なくとも二度だ……。

アンナは目の前の光景に呆然としたままつぶやいた。

「ウイルスが進化の過程で退化を引き起こす……まさか、すべての種が感染してしまうの？」

「何が起こっているのか、わかったんですね？　あなたの説とほぼ一致したんだ！」

ルーカスが勢い込んで迫ってきた。こんなに切羽詰まった様子は、この二日間で初めてのことだ。

「おそらくそうだと思います。ただ、一千万年前に起こったことを理解しようとするのはいいとしても、これは……」

「状況がわかれば打つ手はあるはずです。このウイルスによるパンデミックは想像したくもない……。できるだけ早くゴードンに報告しなければなりません。そろそろ戻りませんか？」

アンナが顔をしかめると、ダニーがなだめるように言った。

「大丈夫ですよ。退化した動物たちが遠くに行かないように、湖畔に監視員を配置しました。今のところはまったく動く気配がないそうです」

三人がピックアップトラックに戻ろうとした時、あたりにゾウの甲高い鳴き声が響きわたった。ダニーが立ちどまり、ひどく心配そうな顔で遠くを見ている。アンナは、まだ隠していることがあるはずだと確信して、彼を問いただした。

「どうしたんですか？　警告の声に聞こえるけれど」

「ええ。仲間たちが来るようだ」

「仲間って？」

ダニーが答える前に、場所を移動していたルーカスが早く来いと手招きしている。

「あれを見て。ゴンフォテリウムがあとずさりしている。怯えているんじゃないか？」

森の端からゾウの群れが現れ、砂ぼこりを巻き上げながら湖に突進していた。咆哮をあげ、大きな耳をバサバサと振っている。四頭いたゴンフォテリウムのうち、三頭は逃げ切ったが、最後の一頭が恐れをなして湖に入った。アンナは彼らの動きに見入ったまま、その先の不幸を察し、彼らがなぜこんなことをするのか理解しようと努めた。あのゾウは、なぜ大昔の祖先に憎しみを抱いているのだろう？　ライバルだと思っているのか、それとも敵だと思ったのか……。

六頭のゾウが半円を描き、ゴンフォテリウムを湖の中央に追い詰めていく。ゴンフォテリウムは震えながら叫び、迫りくる恐怖に身動きできない。水はもう口元まできていた。

「なぜゾウはあんなに好戦的なんだろう？」

ルーカスの問いに、ダニーが諦めたように肩をすくめる。

「実は、これが初めてではないんです。新たな種の出現で、自分たちの生存が脅かされると思ったのでしょう。ゾウは保守的な動物です。毎年の大移動を観察してわかったんですが、彼らはサバンナを横断する時に徹底して同じ道を通り、邪魔されると烈火のごとく怒るんですよ。だから大移動のたびに、彼らの移動ルートにできた村や畑が、たけり狂ったゾウの群れに荒らされるんです」

「つまり、ゾウはあなたの言う〝先史時代の動物〟を仲間だと思っていないんですね？　むしろライバルだと思っているんだ」

「そういうことでしょう。できるなら、直接ゾウの頭の中を見てきてください」ダニーはため息交じりに言った。「公園に来る観光客は、みんな秩序を守って見学してくれます。それなのに、わけもなく、ゾウが人を乗せた車を襲撃することがあるんです。どうしてでしょう？　車体の色なのか、誰かがゾウの気に障る動きをしたのか……理由はまったくわかりません。奴らの頭の中の謎が解明できたら、ぜひとも教えてください」

ゴンフォテリウムはどうにか自力で湖岸に戻った。ほっとしたのも束の間、ゾウが追いつき、再び攻撃をしかけている。アンナはかわいそうでしかたがなかった。ゴンフォテリウムは逃げ道がないことを悟り、がっくりと頭を垂れている。

「なぜ戦わないのかしら？」

「六対一ではチャンスがない」

一番大きなゾウが襲いかかった時、アンナは目を閉じることを選んだ。

＊　＊　＊

帰りの車中で、アンナはアカシア・トルティリスが点在する平原を眺めていた。ふいに、どこまでも広がるこの大地がひどく過酷な場所に思えた。これまでと同じ目で世界を見ることができない。この公園内で起こっていることが理解できず、物思いに沈んでいると、ルーカスが話しかけてきた。

「ここの動物たちが感染したウイルスと、あなたが考えていた退化現象に、関係性を見いだせるとお考えですか？」

「ええ、関係はあると思います。ただ、どうしてもわからないことがあって……」

「ウイルスの正体？」

アンナはうなずいた。

「ここの動物とニューギニアのアーケオプテリクスが、どちらも微生物の影響で退化したなんて、思ってもみませんでした。わたしとしては、遺伝形質の不具合を想定していたんです。ある種の〝遺産〟が、理由もわからず世代を飛び越えてしまったのだろうと……。

祖先が持っていた性質をある世代に与える隔世遺伝と呼ばれるものですね。でもこれは……」

言いかけて、アンナはベンチシートに頭を預け、目を伏せた。疲れ果ててしまい、まぶたが痙攣する。夕暮れの太陽が半円になり、地平線をバラ色の煌めきが覆った。風がおさまり大気が停滞する中で、数個の影が空を旋回している。腐った死骸を狙うハゲワシだろう。タイヤがわだちを越えるたびに身体が揺れる。

その時、アンナははたと気づいた。

「車を止めてください！」

急ブレーキがかかり、砂煙が舞う。ダニーがうしろを向いて心配そうにアンナを見つめたが、彼女はその気遣いを振り切って車外に飛びだし、茂みに向かって走った。倒れた大木の下に藤色の花びらが散っている。あとを追ってきたダニーが何か言おうとして、言葉を飲み込んだ。ルーカスが遅れて到着し、彼の腕をつかむ。すでに一日分としては十分な量の〝サプライズ〟をもらったはずなのに、ダニーの顔を見る限り、まだ終わっていなかったらしい。

「何があったんですか？」ルーカスがダニーを問いただす。

「この木は……本当なら黄色い花が咲くんですよ。これはおかしい」

アンナはアカシアの幹の近くまで来ていた。地面に落ちていた花のつぼみをそっと拾う。九つに分れた離弁花冠《りべんかかん》のつぼみだった。あまりの驚きと恐怖に鳥肌が立ち、顔を上げて、全体をもっとじっくり観察する。

（何てことなの……）

二メートル先に巨大な花びらがあった。アンナは茫然と、一億三千万年前の白亜紀に誕生した最初の花を眺めた。

ルーカスがアンナのそばに立つ。

「いったいどうしたんだい？　アビケールもおかしいと言っているんだ」

アンナはショックから抜け切れないままルーカスのほうを向いた。

「今わたしが手に持っているものが何かわかりますか？」

「モクレンの仲間のようだね」

「ええ、その通りです」

何が問題なのかが理解できず、ルーカスは眉をひそめた。アンナは困ってしまい微笑んだ。

「すべての被子植物は、現在のモクレンに近い植物の子孫だと言ったら、わかってもらえますか？　つまり、植物も退化しているようです」

「それは無理だ……ウイルスは、動物と植物のどちらか一方にしか感染しない。ふたつが同時に感染することは絶対にないんだ。生物学的にはあり得ないはずなのに……」
「だとしたら、これは新しいパターンなのかもしれません。わたし、恐ろしいです……」
「大変だ。想定より悲惨なことになっている。今すぐ戻らなきゃならない」

ダニーがふたりをつれて公園に行っている間に、メアリーは政府からの通達を受けとっていた。それによると、公園内で暮らす住民は自宅を出てはならず、やむをえず外出する際には許可証が必要になるらしい。カイルは学校に行けず、授業はインターネットで行われることになる。もちろんこの措置は、感染症が収束するまで継続されるという。

病気の子ゾウが見つかってから初めて、メアリーは不安をあらわにした。これでは自宅に監禁されているようなものだと感じ、息子の今後が不安でならなかった。それでなくても、祖父に置いていかれたことを気に病んでいるのに、庭から出るなと言われたら、いったいどうなることか。

三人が戻った時、ロッジは重苦しい雰囲気に包まれていた。ダニーは通達を知り、娘とふたりで、カイルがおとなしくこの事態を受けとめられる方法を探ることになった。ルーカスはダニーの書斎にこもり、四十分後にようやく部屋から出てアンナを呼んだ。ステファン・ゴードンが彼女と話をしたがっていたのだ。

アンナがパソコンの前に座ると、画面に映っているステファンが挨拶を省いていきなり本題に入った。ルーカスから聞かされた話に興奮しているようだ。

「ムニエさん、今朝の段階まで、私は退化現象を疑問視していました。それなのに、夜にはもう、想定以上に深刻な状況を聞かされたのです。南アフリカ政府がこの件にどのような対応をするのかはわかりません。それでも、私は、警報を発し、できる限りウイルスの拡散を防ぐ責任は科学者にあると考えています。そのためにはまず、感染した動物の数を確定しなければなりません。数十なのか、あるいは数百なのか、知っておかなければならないのです」

アンナは公園で見てきたことを次々と振り返った。あれほど感動した光景が、すべて懸念材料に変わっていく。彼女はためらいながらも、心に芽生えた不安を打ちあけた。

「実は、先ほど猛禽《もうきん》類の存在を確認しました。あれが〝先史時代の動物〟の亡骸を食べてしまうと、伝染の拡大が懸念されます」

彼女はダニーが使った〝先史時代の動物〟という言葉をそっくりそのまま拝借した。このほうが、説明がなくても確実に伝わる。

「私もそのことは心配していました」ステファンが言った。「この状況下で、現場にルーカスしかいない状態は好ましくありません。ただし、今は外部の人間を制限したい。かかわる人数が少ないほど情報流出のリスクも減りますから。いかがでしょう、あなたにこのまま調査の継続をお願いできないだろうか」

「わかりました。クルーガー国立公園が、屋外型の研究所になるんですね。わたしでお役に立てるかどうかわかりませんが……」

「むしろ、古生物学者であるあなたの目が頼りなんです。血液の採取はルーカスにまかせてください。プレトリアにいるキャシー・クラップのチームも助けてくれるでしょう。現地のアビケールにも、協力を依頼するつもりです。そうだ、公園内で暮らす住民に対して、外出禁止令を出してもらいました」

「それはやりすぎではありませんか?」思わずアンナは尋ねた。

「そんなことはありません。絶対的な秘密厳守が必要なんです。ひと言たりとも、写真一枚であっても許されない。パニックになったらどうしますか?」

「そうですね……ただ、どうしても隔離というイメージがありますから……」

「ムニエさん、私どもも、喜んでやっているわけではないんですよ。これ以外方法がないんです」

「実は、ほかにも懸念材料があります」

「とおっしゃると？」

「アカシアの件はお聞きになりましたか？」

「ええ、報告を受けています。確認のための検査を依頼しましょう」

「その必要はありません。あの木が退化したことは私が保証します。それよりも、これが公園の外にある農作物に広がったら、その損害は計り知れません。それに……どうしてもしっくりこないことがあるんです」

「何でしょう？」ステファンがいぶかしげに訊く。

「シマウマは、約二千五百万年前の種に退化しました。ゴンフォテリウムもそうです。でも、アカシアの花は一億三千万年前の状態でした」

「キャシー・クラッブの研究所にいるテナガザルは、三千万年前の種になった。となると、これはどういう意味を持つのでしょう？」

「まったくわかりませんが、退化の年代は偶然に左右されるのかもしれません……。ですが、その現象が今、膨大な歴史を刻むこのアフリカの大地を脅かしているのです。退化という現象が、ここに生きる多種多様な動植物に襲いかかろうとしているんです」

ステファンは何も答えなかった。しばらくして、自分に言い聞かせるように言った。

「世界中に汚染が広まってしまう前に、我々がウイルスを止めなければ」

訳注：表面が皮膚で覆われているキリン科特有の角。

二章　眩暈

一

ジュネーヴのオフィスにいるステファン・ゴードンは、機械的にコーヒーのおかわりを注ぎ、乱れた髪を軽く整えた。アンナ・ムニエに聞かされた言葉が悪夢のようにまとわりついて頭から離れず、昨夜はよく眠れなかったのだ。かつてはステファン自身も、ウイルスハンターとして世界中で病原体を狩りだしたものだが、おそらく〈クルーガー・ウイルス〉は、それらとは比べ物にならないほど甚大な被害をもたらすだろう。エボラ熱のように五日で人が死ぬことはない。マールブルグ熱のように、宿主の血液を奪って無力化させることもない。だが、〈クルーガー・ウイルス〉は宿主を生かしておきながら、爆弾以上の影響をもたらす。いや、むしろあれは時限爆弾ではないか。

今後の対策は考えぬいてある。あとは、早急に直属の上司であるマーガレット・クリスティーのところへ行って、状況を説明しなければならない。ステファンは廊下を進みながら、バッドニュースの運び屋のような気分になった。メッセージを受けとった者は、その瞬間からあらゆる犠牲を覚悟しなければならない。それくらい、これから行う報告は、公衆衛生に対して責任を負う者すべてにとって悪夢となり得る。

実際、報告を受けたマーガレットは、すぐには反応できなかった。黙り込んだまま、呆れているような、あるいは怒りをこらえているような表情をしている。だが、これしきのことで彼女はへこたれないはずだ。アメリカ生まれで六十二歳になるマーガレットは、水泳の元チャンピオンであり、筋肉質の身体と強靱な精神力をあわせもっていた。これまでも数々の修羅場を経験し、めったに動揺することがない。それゆえに、WHOの鍵となるポストのひとつ、事務局長の職を得たのだ。

彼女が席を立って窓のそばに行き、外を眺めながら考え込んでいる。ステファンは、その疲れ切った様子に驚いた。しかも、シャープなスーツを着ているせいで、細身の身体がいっそう細く見えてしまう。彼女の装いの中で女性性《にょしょうせい》を感じさせるものは、インディアンスタイルの象牙のネックレスだけだった。

今後の方針が決まったのか、マーガレットはステファンのほうを向き、いつものように厳しい口調で言った。

「イタリアにいる国際連合食糧農業機関（FAO）事務局長のパブロ・アグアスに報告書を送ってちょうだい。このままでは、南アフリカ全体の経済が一瞬で崩れかねないわ。アンナ・ムニエが提議した問題が気にかかってしかたがないの。考えてもごらんなさい、穀物が退化するなんて！　凄まじい食糧危機を招きかねないじゃないの。できるだけ早くF

ＡＯのアグアスと話しあいの機会を持ちなさい」

「わかりました。それから、緊急事態に備えて、私が直轄する危機管理室を立ち上げたいのですが」

「副本部長の誰かにまかせられないの？」

「いえ、人選からすべて私にやらせてください。自主性のあるスペシャリストで固めた少数精鋭のチームをつくります。私が急遽ここを離れることになっても、安心して出ていけるような組織でなくてはなりません」

一瞬、マーガレットがおもしろがっているような顔をした。ふたりは古くからの知りあいで、ステファンが前例のない方法を提案するたびに何度も対立してきた。それでも彼女はステファンの能力を認めてくれている。

「古きよき時代の特攻チームってことね……。まったく、あなた流のお役所仕事には驚かされてばかりだわ。お役所と言えば、アグアスと面識はあるの？」

「確か、何回か挨拶はしていたはずですが……」

「そう、その程度ならアドバイスしてあげるわ。彼は筋金入りの頑固者よ。話を聞いてほしければ、完璧な報告書を準備しておきなさい」

「わかりました。あとは……ウイルスに出しぬかれないようにしないと！」

「不吉なことを言わないで。最善をつくしなさい」

ステファンが出ていこうとすると、マーガレットがまた声をかけてきた。

「よくやってくれたわ」

「とんでもない」

「本心よ。あなたくらいの地位だと、こんな突拍子もない話は無視するもの。でもあなたはそうじゃない」

「突拍子もないお役所仕事になりそうで、引きうけたんですよ」ステファンは笑って言った。


アグアスとの面会が数日後に控えていた。どれほど逼迫《ひっぱく》した状況であろうと、最低限の準備もせずに警報の発令が受け入れられると考えるほど、ステファンは世間知らずではない。そこで彼は、自前の危機管理室を立ち上げることから始めた。

最初に思いついた人物は、ＷＨＯ随一の統計学者と目される、イタリア人のガブリエラ・アニーニだ。五十代のガブリエラは、ふっくらとした身体つきのおだやかな女性だが、その実、非常にしたたかな一面をあわせもっている。ステファンから声をかけられた彼女は、進行中の報告書を脇にどけて「やらせていただきます」と即答してくれた。ステファンは彼女にとってのアイドルだったため、口説き落とす必要すらなかった。ガブリエラはその日のうちに既存のデータを分析し、〈洞窟のウイルス〉と揶揄されている未知の存在の、メカニズムと潜在的危険性の算定に入った。

十一時、ポーランド生まれのトーマス・ズナニエッキがメンバーに加わった。彼は三十歳になったばかりで、少し変わったところのある生物学者だ。まず、右耳のうしろの頸静脈に沿って〈無限大〉のシンボルのタトゥーを入れている。身につけるのはもっぱら舌を出したアインシュタインの顔がついたTシャツで、同じ柄のものを黒からピンクまで色違いで十枚以上揃えていた。なぜそこまでこだわるのかと訊けば、服に気を使わずにすむことで脳の一部が開放されるから、という答えが返ってくる。このように、一部については残念だが、それ以外の、特にプロフェッショナルな部分についてはまったく心配がない。ステファンは、その天才的な創造力と手順にこだわらない迅速な仕事ぶりを買い、トーマスを選んだ。

最後にメンバー入りしたのは、フランス人男性のドリアン・イレール。身長が一メートル五十センチと小柄であるため（実際は一メートル五十二センチだが、単純にプライドの問題で端数を落としている）、たびたび好奇の目にさらされている。しかし彼は、それを無視して思考の世界に没頭する術を手に入れていた。ドリアンはステファンから、人生でもっとも簡潔な説明を受けたあと、十三時三十分、カフェテリアのブラウニーの前で申し出を受諾した。獣医師の経験を持ち、生まれながらの研究者である彼にとっては、世紀の発見に違いないウイルス変異体の調査ができるということ自体が夢のような出来事であり、無視できるはずがなかった。しかも、これには事務局長の〈最優先事項〉というお墨付きがあったので、面倒な手続きすら免れた。

これにより、三人は正式に、危機管理室所属の緊急対策チームとして動きだした。

〈クルーガー・ウイルス〉は、ほかに類を見ない病原体だ。このウイルスにカウンターアタックを仕かけるためには、補完的な専門知識を展開する必要がある。ステファンは、そうした知識をもとに、危機管理室のメンバーとなった三人のスペシャリストとともに、全機関を納得させる強固なプランを練り上げねばならないと考えた。その最初のターゲットが、ＦＡＯのアグアスになる。彼を手中に収められれば、それ以外もついてくるだろう。

三人が集まったところで、ステファンはこれまでのいきさつを説明しつつ、今後の展開を予測するためのバランスシートの作成にとりかかった。〈クルーガー・ウイルス〉自体の解明は、その第一歩にすぎない。なんなら、ウイルスは偶発的に現れただけで、自滅する可能性もあるのだ。ただし、目下のところ警告を示すインジケータには赤の表示が出ている。このままいけば、かつて人類を襲ったどのパンデミックより、壊滅的な惨状に陥るだろう。そうなった時、この世界はどうなるのか……。

ほんのさわりだけで茫然となっている三人に対し、ステファンは次に展開されるべきプログラムについて説明した。核心に入る前に、植物界におけるウイルスの影響を調べなければならない。これは急務だった。ＦＡＯにプレゼンする機会は一度しかない。その一度切りのチャンスに、南アフリカでルーカスらが行っている感染動物についての調査と、それをもとにした、現時点におけるすべての検証結果を提示しなければならないのだ。そこで、元獣医師のドリアンが、動物相と植物相の間に伝達関係が発生し得るのかを鑑定することになった。それに先立ち、メンバー各々が自身の仮定について具体的な数字をあげて証明しておかなければならない。汚染リスク、生態系上のリスク、公衆衛生上のリスク——今のところ、範囲はこれらに限定しているが、その数値だけでも、すでにどこの国の政府であっても眩暈を起こすレベルだった。

危機管理室の活動場所には、ステファンのオフィスに併設されたコネクティングルームが提供された。それからの三日間、チームは昼も夜も、その中でほぼ缶詰になって過ごした。食事は売店のサンドウィッチやカフェテリアからの出前ですませ、あとは各自が携帯電話を片手に数時間も話し込む。統計学者のガブリエラは、各大陸で重視される農作業の詳報をＦＡＯに確認した。生物学者のトーマスは、小麦の専門家と議論を重ねた。水面下で動くことを選んだドリアンは、主に難解な計算に取り組み、それ以外の時はアーカイブを遡って超最先端に位置する情報を探った。コネクティングルームのドアは常に開いていた。作業に没頭する彼らはまるで学生に戻ったかのようで、容赦なく互いの説の弱点を暴こうとするトーマスとドリアンのやりとりを聞いていると、ステファンは大学の図書館にいるような錯覚を覚えた。

南アフリカに滞在中のアンナとルーカスも、危機管理室の三人と緊密に連絡を取りあった。ふたりは目下のところ、ステファンの求めに従い、感染地域を確定するためにクルーガー国立公園内を回っている。その際には、彼らをサポートすべく、新たにレンジャー部隊が警備に同行するようになった。ステファンは、必要に応じて時間単位で報告を上げるよう求めた。現場の情報は、すべて把握しておくべきだと考えていたのだ。

木曜の夜十一時頃、ついにアグネスとの面談に備えた調査が完了し、ステファンは三人に自宅で仮眠を取るよう命じた。彼はひとりになると、椅子に身体を沈めて目を閉じ、久しぶりの静寂を味わった。

まぶたの裏に、娘のローリンの顔が現れた。デスマスクのような表情で父親を責めている。ほぼ一週間、顔を見ておらず、彼女を気にかけてもいなかったことを思い出して、罪悪感に苛まれた。ＷＨＯで働きだしてからは、めったに彼女と離れたことがなく、それがここで働こうと決めた理由のひとつだったのに……。ステファンは、自分が不在であることがローリンに悪い影響を与えないことを願った。彼女が周囲に無関心であるように見えても、それが彼女流の鎧であることを忘れてしまいがちになる。ありがたいことに、身の回りの世話をしてくれる家政婦のエヴァがいた。ふたりはとても仲がいい。少なくとも、ローリンは彼女の存在を喜んでいる。むしろ、娘の単調な生活の中では、父親よりもエヴァのほうが大切なのではないかと考えることもあった。それに、エヴァは女性だ。それだけで、亡くなった母親の代わりを少しでも務められる存在になってくれる……。

ステファンは微笑んだ。

すでに眠りに落ちていた。

二

「時間を遡らせるウイルス？　頭がいかれているのか？」

　ステファンのオフィスに来ていたＦＡＯ事務局長のパブロ・アグアスは、息が止まりかけ、顔が真っ赤になっている。こんなたわごとを聞かされるためにわざわざローマから呼びだされたのかと思うと、はらわたが煮えくり返る思いがした。

　コロンビア出身のアグアスは、国連高官というより鍛冶屋と言われたほうがしっくりくるほど、がっちりした身体つきをしている。ステファンはひと目見て彼を好ましいと判断したが、アグアスのほうは騙し打ちをかけられたと感じ、三人の参謀らが控える隣の部屋に行こうとはしなかった。

「パブロ、冗談ではないよ。本当の話だ。被害の実態を現地で鑑定しているから、間もなくウイルスに感染した動植物の推定数が出せるだろう。もちろん、公園はすでに閉鎖されている」

「まだ不確かな話じゃないか！」

「だが、南アフリカで撮った写真を見て納得したろう？　我々もあの写真で納得したんだよ。その上で、どういうメカニズムでウイルスが種の退化を引き起こすのか、議論になったんだ。進化は不可逆的だと言われてきたが、この理論に疑問を唱える研究者も出てきている。〈クルーガー・ウイルス〉はそうした考えに裏打ちされたものだ」

　アグアスは多少落ち着きを取り戻し、背筋をのばすと嘲笑した。

「その研究者とは、まさか古生物学者のアンナ・ムニエのことか？　きみたちのアドバイザーなんだろ？　報告書に名前があったからな。彼女の噂は知っているよ。どう言いつくろったところで、学界のつまはじき者だ」

「提唱者はアンナ・ムニエだけじゃない。アメリカのブリガム・ヤング大学の研究者も、かつて飛ぶことのできた種が、翼を失ったのちに五千万年たってそれを取り戻したことを証明しているし――」

「つまりは」アグネスがふてぶてしく話を切った。「ある種の遺伝子は、長期にわたって休眠できるということだな？」

「ああ、信じられないがそういうことになる。ニワトリのゲノムを操作して、胚に爬虫類の歯の芽を発生させた科学者もいるぞ（訳注）」

　ここにきて初めて、アグアスの心が揺らいだように見えた。

「植物の感染についてはどうなっている？」

「アフリカ全土に〈クルーガー・ウイルス〉が広がれば、植物全体が退化し、それによって生産性が新石器時代前のレベルまで落ちると考えられるな。小麦は九十パーセント、ライ麦は五十五パーセント、キャッサバは七十四パーセントの減少だ」

「まさか、それはあり得ない！」

「アンナ・ムニエによると、植物は半翅目《はんしもく》によって汚染されるようだ。退化した植物の根元で大量の死骸が見つかったんだよ。分析したところ、ウイルスを持っていたことが判明した。頼む、ＦＡＯで殺虫剤の体系的使用を命じてくれ。厳しいだろうが、絶対に必要な措置だ」

「どれほどの面積になる？　数千キロ平米か？」

「二万キロ平米ほどだろうな。前例がないことはわかっている。しかも、薬剤を散布したところで、事態は完全には収束しないはずだ。〈クルーガー・ウイルス〉は、鳥類を介して広まる恐れがある」

「では、いったいどうしたらいいんだ？　集団自殺でもさせるつもりか？」

「南アフリカ全体に予防措置を拡大すべきだ」

「私がきみたちの最悪の予想を認めたところで、ひとつ忘れていることがあるぞ。我々は、サバクトビバッタの被害対策として収穫物をサイロに保管するよう、西アフリカの農民に時間をかけて指導してきたんだ。自然環境に配慮してもらうために、莫大な予算を組んでいるんだよ。こんな時に、南アフリカ全体に殺虫剤を撒けと命じたら、せっかく時間をかけて啓蒙してきたものがすべて水の泡になる」

「サバクトビバッタの話はしていないだろ?」

「まあ、そうかもしれないが……しかたがない、クルーガー国立公園の近隣耕作地に限って、薬剤散布を認めよう。だがそれ以上はだめだ。話を聞いてほしければ、もっとデータを渡せ」

「パブロ……」

「きみの言う壊滅的被害が生じる証拠を手に入れたら会いにきてくれ」

＊　＊　＊

二十二時過ぎ、ステファンが車に乗り込もうとしたその時、着信を伝えるギターリフが鳴った。画面に知らない電話番号が並んでいる。とりあえず電話を取った。

「ゴードンさん?」

「ええ、私ですが」

「アクセル・カッサードと申します。ニューヨークで『サイエンス&ネイチャー』の編集長をやっています」

「何かご用ですか?」

「まずは、南アフリカでWHOが何をたくらんでいるのか、教えていただきましょうか」

ステファンは相手の喧嘩腰に意表を突かれた。こうした場合はクライシス・コミュニケーションで対応すべきなのに、処理すべき案件が多すぎて、この不意打ちにまったく頭がついていかない。巨大な敵と戦ってまもなく一週間がたつが、ついに知りたがり屋のジャーナリストが突撃取材をしかけてきたのだ。ステファンは頭をクリアにするため、少し歩いて呼吸を落ち着かせることにした。

「なぜそんなことを? 南アフリカで何かあったとお考えなんですか?」

電話の向こうから、さらに狡猾な笑い声が返ってくる。

「ゴードンさん、あなたの時間が貴重なように、私の時間も貴重なんです。言葉遊びはやめましょう。そんなことをしても無駄ですよ。あなたが否定すればするほど、私はあなたが何かを隠していると思ってしまう」

いっそ電話を切ってしまおうかと思った。だが、このカッサードは見習いではなく編集長だと言っている。しかも『サイエンス&ネイチャー』は、大衆向けの科学雑誌としては世界でもっとも発行部数が多いので、追い払いたくてもそれはできない。ステファンは時間を稼ぐため、相手を少しあおってみることにした。

「WHOが南アフリカで行っている活動について知りたければ、私どものホームページをご覧になればいい。いくらでも情報が得られます。我々は今、いかにして結核を撲滅するか――」

「ゴードンさん、取り引きしましょう。私が知っていることをお話しするので、その代わりに情報をください」

ステファンは返事をせず、相手に会話の主導権を渡した。カッサードは自分をつかまえたと確信して、逃しはしないだろう。

「一週間前のことです」カッサードが話しだした。「ニューギニアにいるアンナ・ムニエ氏が、私の携帯に電話をかけてきた。だが、うまくつながらなかったので、メッセージを残しました。世紀の大発見があったようです。折り返しましたが、連絡はつきませんでした。そうこうするうちに、彼女がおたくの職員に連れられて、南アフリカのクルーガー国立公園に行ったことがわかった。私はもちろん驚いて、考えました。古生物学者とWHOの職員が、いったい何をしているのだ？　彼女の発見と、関係があるんだろうか？　とにかくおかしい。そうでしょう？」

ステファンは何も思いつかず、苦し紛れの答えを返した。

「そんなことはないでしょう。私自身も数年前に、パリ自然史博物館のニコラ・バランスキー館長に会いましたしよ。ＷＨＯは、もちろん先史時代の感染症に関心がありますし――」

「ええ、ええ、そうでしょうとも。考古遺伝学、ゲノム、考古学……このあたりは、我々もすでに記事にしていますからね。だが、それとは明らかに違う。理論上の研究の話じゃないんだ」

「カッサードさん、申し訳ないが会議中なので――」

「遅くまでお仕事されていらっしゃる」

「いつものことです」

「まあ、私のほうで少し調べてみたわけです。ＷＨＯ職員は、ほかでもないルーカス・カルヴァーリョ氏、あなたの部下だ。では質問を変えましょう。ゴードンさん、あなたの部下はなぜ、論争の的となった古生物学者を連れて、閉鎖されたばかりの自然保護区域にいるのですか？」

「論争の的となった？」ステファンは、惨状から逃れられないとわかりながら、おうむ返しに言った。

「ムニエ氏の研究は学会の合意を得ていない、それだけは言えるでしょう？」

「それは私のあずかり知らないところだ。正当性の判断など、私にはできかね――」

「いずれにせよ、ムニエ氏に鑑定を依頼したことは認めるんですね？」

ここに来て、ステファンは気づいた。カッサードはまだ〈クルーガー・ウイルス〉について何も知らず、いわくつきの古生物学者とＷＨＯの共同作業に驚いているだけなのだ、と。それならば、少々餌を撒いて彼をなだめれば、この場を切りぬけられるかもしれない。ちょっとした、たわいもない餌を……。

「その通りです。病気の動物を調べるために、ムニエ氏に現地へ行っていただきました。彼女ほどの知識があれば、我々の依頼にこたえてくれるでしょう」

「古生物学者が、ＷＨＯの依頼にこたえる？」

「問題の動物は、ずいぶん前に消滅したはずの症状に苦しんでいるんです。この疾病は、奇形を引き起こすんですよ。化石の中にそうした奇形が観察されたことがあるか、専門家の意見をお聞きしたいと思ってね」

「なぜアンナ・ムニエに依頼したんです？　彼女の発見と関係あるのですか？」

「ニコラ・バランスキー氏の推薦です。彼女の指導教官だということはご存じのはずだ」

ステファンは無邪気を装って答えた。「彼女の発見についてはまったくわかりません。そして、あなたがおっしゃっていたように、我々から頼んで南アフリカに行っていただいたんです。あの発掘現場から遠く離れた場所までね。さあ、これであなたの質問に答えました。まだこのルーティンワークが気になるようなら、私の秘書に連絡先をお伝えください。折り返しお電話しますよ」

少しためらってから、カッサードは諦めて受け入れた。

「わかりました、秘書の方に連絡しましょう。あとひとつだけいいでしょうか?」

「すぐにすむのでしたら――」

「その病気は危険なんですか?　その……WHOが動くほどに?」

「WHOは、動物の病気であろうと、あらゆる疾病に注意を払っています。種のバリアは百パーセントではありません。動物の病原体がヒトに伝染するリスクは常にあるんですよ。まあ、質問に対する答えとしては、WHOでは、生物学者のルーカス・カルヴァーリョが動物の疾病の担当なので、彼に動いてもらっているというそれだけのことです。さあ、このあたりで失礼いたしますよ、人を待たせているのでね……」

訳注：ニワトリには歯がないが、歯を形成する能力が残っているということ。

三

八月十二日
太平洋
第二勇新丸

キノシタ・トシヤは、手で腹を押さえながら甲板に通じる扉を開けた。胃が締めつけられ、手すりにもたれかかると同時に胃の内容物が喉元までせり上がる。身体をふたつ折りにして、そのまま一気に吐いた。

（あの野郎……）

トシヤは厨房の奥にいるコックコートを着た男の顔を思いうかべた。なぜあのコックは魚の残りカスで海鮮丼をつくった？　捕鯨船の船乗りが相手だからか？　クジラを殺す奴らには、銛《もり》打ちでも嫌がる腐ったはらわたでも食っていろと？

胆汁まで吐き切ってから、トシヤはぶつぶつ言いながら船内に戻った。当直の交代が五分後に迫っており、急がないとヒロに文句を言われるかもしれない。あの男は自分がリーダーだと勘違いして、決められた通りに仕事を回すことに異常にこだわる。こんな状態が漁期の終わりまで続くと思うと、耐えられる自信がなかった。少なくとも、あんな腐った飯を出されてやっていけるわけがない。船団が出港してわずか三日しかたっていないのに、トシヤはすっかり参っていた。

防水仕様の作業着をはおろうとして前のめりになったとたん、また吐き気が襲ってくる。全部あの野郎のせいだ。あんなろくでもないコックは、名古屋に住んでいた時に通った場末の食堂にもいなかった。こうなったら、さっさと割り当て分のクジラを補って、早く京都に戻りたい。もう魚にはうんざりで、豚が食べたかった。もちろん、もっといいのは、世界で一番うまい肉、神戸牛のステーキだ。だがまともな肉を食べるためには少なくとも二カ月、長びけば三カ月も耐えなければならないなんて……。

救命胴衣を着てヘルメットをかぶり、船室を出ると、トシヤはおぼつかない足取りで前に進んだ。持ち場である舳先のあたりが、三基ある投光器のライトで煌々と照らされている。まだ昼を過ぎたばかりで、海面は落ち着いていた。吐き気をやりすごすために陸を探したが、遠くへ目をこらしても紫色の海水しか見えない。ただ、ニューカレドニアからはそう離れていないはずだ。

トシヤは捕鯨砲のハンドルを握りしめ、ぼんやりと波を見ていた。そうやって、クジラの存在を知らせる潮吹きを探しているのだ。とはいえ、本格的な漁はもっと先の、餌の豊富な南極海で始まる。その厳寒の海で、追い込み漁が行われるのだ。

船団を束ねるのは、百五十人の乗組員を抱える巨大捕鯨母船〈日新丸〉だった。全長百三十メートルの、まさに海に浮かぶ工場であり、三隻の調査船――第一、第二、第三勇新丸――が捕ってきたクジラを船上で解体して冷凍する。調査船の主なターゲットは、体長約七メートルでとがった鼻を持つナガスクジラ科のミンククジラだ。

トシヤの配属は〈第二勇新丸〉だった。三隻の調査船にはそれぞれわずか十八人しかクルーが乗り込んでおらず、手際よく迅速にクジラを捕獲する必要がある。人手が少ないので、よほどの理由がなくては病欠などできない。

トシヤは後方を確認し、日新丸と、いつも一緒に航行して燃料を補給してくれるタンカーの〈サンローレル〉を探した。この海に浮かぶガソリンスタンドがなければ、陸地まで燃料の補給に行かねばならず、貴重な時間を失ってしまう。

見渡す限り、海面には何もない。どうやら、まだ来ていないようだ。風が軽いうねりを刻み、茶色い海草だけが絨毯《じゅうたん》のように集まって航跡に漂っている。トシヤはなんとなく不安になった。心配のしすぎはよくないが、いつもなら、舳先に誘われたクジラが、船体に沿って現れ、大騒ぎになる。

物音がして、トシヤは現実に引きもどされた。ヒロがブリッジから戻ってきたのだ。初めて、彼のほうが当直に遅れて現れた。腕時計を確認すると、少なくとも約二分は遅れたことになる。ところがヒロは、謝る代わりにトシヤに命令を出した。

「定位置につけ」

「奴らがいたんですか？」

「レーダーに三頭の小型のクジラが映っている」

「ミンククジラですね？」

「そうかもしれない」

「だったら、どうしたらいいですかね？」

日本の水域を出て以来、第二勇新丸は、捕鯨母船の日新丸よりずいぶん先を走っている。ヒロはチッと舌を鳴らした。

「ほかの船は、俺たちより四十海里はうしろにいる。最悪の場合は、二日間もクジラを抱えることになるだろうな。ところで、おまえ、いったいどうした？」

トシヤが肩をすくめると、ヒロの口調が優しくなった。

「誰かに代わってもらえるか、船長に訊いてみるか？　凄い顔色だぞ、トシ」

「いや、大丈夫です」

「本当か？　おまえの代わりくらい、うちの母ちゃんでもできるぞ」

ヒロの下卑た笑いを見て、トシヤは胸糞が悪くなった。あやうくヒロに騙されるところだった。ほんの三日しかたっていないのに、彼にはもううんざりしている。自分をリーダーだと勘違いして、何でも知ったかぶりするし、勝手にトシと呼んでくることに耐えられない。ヒロに吐いたと白状するくらいなら、くたばったほうがましな気がした。

トシヤが、さあどうやって言い負かそうかと考えていたところに、別の乗組員が飛び込んできて、慌てた様子で海面を指差した。

「あそこにいるぞ！」

十メートルほど先に、クジラのヒレが顔を出している。その直後に、波間から体が現れて、一瞬その場にとどまった。トシヤはとっさに捕鯨砲の引き金を引いた。爆発音とともに、銛がターゲットめがけて一直線に飛んでいく。鈍い衝撃音が聞こえ、命中したことがわかった。やがてクジラが動かなくなり、そのまま浮かび上がってくる。信じられない……。我ながら、奇跡のような完璧な投てきだった。銛先が目を突いて脳に達したのだろう、ほぼ即死状態だった。白い表皮に黒い縞模様が入っている。間違いなくミンククジラだ。

「よし、よくやった！」ヒロが叫んだ。

驚きの一撃で、トシヤは漁師の才能を知らしめた。

船長が操舵席から見ていたらしく、船のエンジンが切られる。トシヤとヒロがタラップを下りていくと、下ではクジラを回収するために、すでに四人の乗組員が鉤竿を手にしていた。全員で船体にクジラを引き寄せ、回収シートにすべり移す。ヒロがすかさず甲板に上がってウインチを回しはじめた。誰に許可を取ったわけでもないのに、それが自分の役目だと思っている。どんな場合でも、全員を指揮できる立場にあると思い込んでいるのだ。もっとも、トシヤは彼に関心すら払わなかった。自分の投てきで有頂天になっていた。この調子であと二頭仕留めれば、全員にボーナスが出るだろう。それが勇新丸で働く銛打ちの伝統だった。

回収シートに載ったクジラが上がってくる。ところが突然ロープが張って、きしみ、激しく震えはじめた。何かが挟まっているらしい。ヒロはシートが傷むのを嫌い、ウインチを止めた。どうやら海草の束がロープにからみついているらしい。ヒロは不機嫌な様子でがなりたてた。

「おまえら、とっととそいつを取っ払ってくれ！」

と、手すりにもたれてその様子を眺めていたトシヤが、思わず声をあげた。

「うわっ、何だよあれ？」

緑の海草のかたまりの中に、何かの死骸がまぎれ込んでいる。きっと動物なのだろうが、魚どころか、海の生き物にすら見えない。茶色の毛と細い尾が出ていたので、トシヤは最初、死んだキツネではないかと思った。尾の長さが、ゆうに一メートルはある。また吐き気がこみ上げてきたにもかかわらず、もっとよく見るために身を乗りだした。周囲の男たちは、誰も動こうとしない。

ついに、年配のタナカ・アカマルが悪態をついた。

「くそっ！　どうやって海草にもぐり込んだんだ？　陸地はあんなに離れているんだぞ！」

「アレは船から落ちたんじゃないんすかね」イチローがしらけた声で言った。

彼はまだ十八歳にもなっておらず、今回が初めての乗船になる。トシヤと同じように、イチローもここにいることを後悔しているようだった。

「アレって何だよ？」誰かが尋ねる。

「きっと、動物園にいるような奴だ！」

ヒロが甲板から怒鳴り、ウインチに張りついたまま成り行きを見守っている。

（高みの見物とは恐れ入るぜ）

トシヤはヒロの態度に苛ついて、言い返した。

「海のど真ん中なのに？」

「どこかに飛ぼうとして、落ちたんだろうさ」

「ぶっ飛んでいるのはあんたの頭のネジでしょ？　こっちに来て確認してくださいよ」

「うわっ、見ろ、動いている！」アカマルがあとずさりながら叫んだ。

確かに獣のうしろ足が震えるのが見えて、トシヤは全身に冷や汗が流れた。とっさに鉤竿の先でつついてみると、皮膚の柔らかさではなく、皮のような硬さが伝わってくる。と、獣が身震いした。目が開き、怯えた様子の黄色い虹彩《こうさい》が見えた。獣――オオカミ？　いや、キマイラか？――はいきなり立ち上がり、下半身を低くしてから、タラップまで二メートルの高さを飛んだ。その場に固まるトシヤたちに牙を剝き、低い声でうなる。

トシヤはすかさず、手に持っていた鉤竿を獣に向かって振りかざした。そのすきに、仲間たちが甲板に逃げていく。ひとり取り残されたトシヤの心臓がドクドクと早鐘を打った。ア、アレがうなっている間は動けない。鉤竿だけで、どのくらいふんばれるだろうか？　そう長くはもたないだろう。吐き気はいつの間にかおさまっていた。思わずヒステリックな笑いがこぼれそうになる。突然ヒロの声が聞こえ、トシヤはあやうく竿を落としそうになった。

「逃げろ！　食われるぞ！」

歯を食いしばり「黙れ！」のひと言を飲み込む。

（逃げろだと？　どうやって？）

「おい、トシ！　何やってんだ！」

（楽しんでるんだよ、わからねえのか？）

わめいても無駄だと気づいたのか、ヒロが走りまわる音が聞こえた。いったいどこまで行ったのか。操舵室だろうか？　船長は何をやっている？　ほかの奴らは？　巨漢のコウキは？　マサルは？

（俺は見捨てられたんだ……）

トシヤは怯えながらも獣から目を離せない。見れば見るほど、現実とかけ離れた異形の生き物に思えてくる。顎が極端に飛びだし、耳がなくて、頭が大きい。水かきのある足には鋭い鉤爪がついている。あれでは人間など簡単に引き裂かれてしまうだろう。トシヤは、甥が持っていた、あり得ない動物をつくるカードゲームが頭に浮かんだ。体がカバのトリに、翼の生えたライオン、トカゲイルカ……。〝海のオオカミ〟もその仲間に見える。

ふと、肋骨が目に留まった。哀れなほど痩せこけている。何でもいいから、腹が膨れるものを与えるべきではないか。このままでは自分が食われてしまう。

「アレは腹がへってるんだ！」トシヤはみんなに聞こえるよう声を張った。「何か投げてやってくれ！」

「おい、誰も魚なんて持ち歩いていないぞ！」手すりの向こうからヒロが叫び返す。

「くそっ！　じゃあどうするんだよ！」

「銛で殺そう。船長が――」

「銛はだめだ！　皮膚が硬いんだよ。失敗したら俺が死ぬ」

「だったら走れ！　時間稼ぎをしてやるから！」

「背中を見せたらやられるだけだ！　言っただろ、腹が膨れれば勝手に出ていく！」

「つべこべ言わずに走れ！」

次の瞬間、獣めがけてあらゆるものが降ってきた。竿、救命ブイ、缶――ヒロの合図でブリッジに避難した乗組員が、目についたものを何でもかんでも投げたのだ。トシヤはもう何も考えられず、獣に背を向けるとブリッジのほうに駆けだした。

（逃げるんだ！）

それしか頭に浮かばない。

だが、梯子まであと一歩というところで、足に鋭い痛みが走る。トシヤはとっさに振り返り、手に持っていた鉤竿を投げつけてから体当たりした。獣が悲鳴のような咆哮のような野太い金切り声をあげた。死骸から放たれるような腐敗臭が鼻をつく。ブリッジで男たちが叫んでいる。ようやく甲板に上がったところで、今度は床に流れていたグリースに足を取られた。それからは、あっという間だった。トシヤが甲板に倒れると同時に、獣は身をひるがえして、真っ黒な海面に戻っていった。

疲れ果てたトシヤのまわりに男たちが群がり、いっせいに世話を焼きはじめる。最初にアカマルが、トシヤの防水パンツが破れていることに気づいた。

「怪我したのか、トシ」

ヒロがそう言いながら、初めて、我を忘れて心から心配した様子でしゃがみ込む。

「大丈夫です。たいしたことはありません」

「ちくしょう、あの犬野郎めが」

「犬じゃない……」

「おまえがどう思おうが、ア、アレは犬だ！　いいな、おまえは犬に噛まれただけだ！」

トシヤは返事をする気力もなかった。ズボンを脱ぐと、足に歯型がついていた。太ももに残る、長さ二十センチほどの点線状の二本の線。ほぼ完全なふたつのＶの字が、キスマークに似た紫色のあざになっている。

立ち上がって床に足をついてみると、痛みで思わず顔がゆがんだ。

「待て、肩を貸してやろう」ヒロが言う。

「大丈夫ですよ。それよりクジラの処理をお願いします。自分のことは自分でできるので」

「本当に大丈夫なのか？」

「はい」

そう言うと、トシヤは足を引きずりながらその場を離れた。部屋に戻って早くアルコール消毒がしたかった。

（犬がこんな歯形を残すわけがないんだ……）

彼は言いしれぬ恐怖で震え上がった。

四

クルーガー国立公園の感染は日ごとに広がりつづけた。これ以上の感染拡大を防ぐために、新たに軍の派兵が決定。敷地内の住民に対しては〝結核による隔離措置〟を名目にした避難指示が出され、さらに、数キロメートルにも及ぶ柵が設置された。

アンナとルーカスは半日がかりの移動の連続で、疲労によるストレスが蓄積されるいっぽうだった。レンジャー部隊や、国連がチャーターした調査機とともに、約二万キロ平米を調べた結果、すでに三分の二以上の種に退化現象が現れていた。そうした先史時代の動物が、二、三頭だけでいることもあれば、いつの間にか群れができ上がっていることもあった。

ウイルスに感染した動物は、いったん昏睡状態を脱すると、完全な健康体を取り戻す。園全域が柵で囲われているわけではないので、こうした動物が移動するに従い、ウイルスの行動範囲もますます広がっていった。

空気がなくなれば火が鎮火するように、次の宿主を見つけられない感染症は、自ら消えてなくなる。ルーカスはそれを知った上で、〈クルーガー・ウイルス〉が今日も新たな宿主を得ると確信していた。政府が感染した動物を隔離するか……抹殺しない限り。そして、農作物と大量の木々を焼き払い、昆虫に殺虫剤を撒くまでは。いや、そこまでしても、トリによる感染拡大を防ぐことはできないだろう。

公園内の調査が始まってから、ルーカスは日々のやすらぎを失い、ついに、最悪な事態に直面した。その日、彼はアンナとダニーとともに、公園の南東に位置するクロコダイル川を西に向かって進んでいた。流れのゆるやかな、そう幅の広くない川に沿って車が進むうちに、ルーカスは、自分がだんだんとパニックに陥っていくのがわかった。だが、だからといって、どうすることもできない。草原に生えるモパネの木々にゾウが群がり、葉が蝶の羽のようにゆらゆらと揺れている。ここに来るまで、彼らはすでに多くの退化した動物の群れとすれ違った。あちこちに見たこともない植物が生えているのと相まって、ＳＦ映画のような光景にしか思えない。

今度は木々の間から、見たこともない先史時代の動物の群れが現れて、アンナがそれに気づいた。レイヨウの頭に、扇状に広がる三対の角が生えている。

「ヘキサメリックスだわ……」

「まさか、全部の名前を暗記しているんですか？」

ルーカスが冗談のつもりで言っても、アンナは笑えなかった。ふたりとも、疲労のせいで神経が張りつめている。ダニーがピックアップトラックを止め、書き込みだらけの大きな地図を広げた。アンナが先史時代の動物名をあげながらオスとメスの頭数を伝え、ダニーが発見場所を地図に記す。ルーカスはその間、望遠カメラで群れの写真を連写する。そうやって三人でウイルス感染の範囲を特定する作業を続けてきたのだ。レンズの向こうにいるレイヨウは、何かを気にしているようで、三人のほうに頭を向け、耳を小刻みに震わせている。

書き込みに必要な時間は、十五分もあれば充分だ。車はまた保護区の西の境に向けて走りだした。それから一時間は動物も植物も、先史時代のものにはまったく出会わなかった。

岩肌の斜面を数キロ走りつづけ、登り切ったところに自然の高台が現れた。彼らはそこから平原を眺めた。公園の境まで百八十度見渡すことができる。アンナは双眼鏡であたりをじっくり観察した。ルーカスが望遠レンズをズームにして写真を撮っていると、やがて川岸にゾウの群れが現れた。牙は二本しかない。ゴンフォテリウムでないことを確認し、ルーカスは思わず大きく息を吐いた。

ダニーがまた地面に地図を広げ、ほっとため息をついて言った。

「ウイルスがいる場所は、ここで終わりです」

「つまり、ついに範囲が限定できたということですね？」アンナが確認した。

「だと思います。ほら、見てください」

　点線と十字によって、ウイルスのいる地域が半月に似た形で示されている。

「気に入らないな」眉をひそめルーカスが言った。

「どうして？」

　ルーカスはペンを握り、保護地区の境界を示した。彼は特に南側が気に入らない様子だった。公園の敷地のラインに沿って綺麗にウイルスが消えたように見える。

「このラインでウイルスが止まる理由がまったくないからです。ここは山脈や砂漠のような自然の境界線ではありません。調査を始めた時は、柵があるので公園の向こうまで行くことを考えていなかったんです。だがあの柵も、ウイルス発見後に設置した柵も、絶対に有効ではないんだ。北、東、西は、数キロ走っても新しい感染動物は見つかっていない上に、線が公園の境界と一致していないので、論理的にもかなり納得できます。ところがこの半月の部分は、ほぼ線が重なってしまっている。南は調べなおすべきですね」

「ウイルスが、公園の境界線を越えてしまったということですか？」アンナは尋ねた。

「そうかもしれないが……そうでない可能性もありますね。僕個人としては、ウイルスが公園から出ていったのでなく、入ってきたのだと思っている」

　アンナは、言われたことが理解できたと思いたかった。

「外から入ってきた?」

ルーカスの目が暗くなった。

「僕の先走りかもしれません。ですが、考えれば考えるほど、子ゾウがウイルスの〝ゼロ地点〟であることに無理が生じます。だって、あの子はどうやって感染したんですか? 子ゾウを感染動物第一号だと考えるのは、論理的ではありません。それを言ってしまったら、汚染地域がクルーガー国立公園の看板で限定されるのも論理的じゃない。つまり、最初の感染動物は間違いなく公園の外にいたんです」

ダニーが心配そうな顔でふたりの話を聞いている。ルーカスは彼に尋ねた。

「シェルターの職員の中に、信用できる人がいますよね」

「ええ、もちろん。教え子のテンダイという若者です。彼が必要ですか?」

「公園の南方にある獣医を訪ね、形状のおかしな動物を見ていないか確認してもらえませんか」

アンナはすぐに、この仮説がもたらす影響を計った。

「あなたが考えている通りなら、事態は混迷を深めてしまいそうだわ」

「感染症のコントロールは非常に難しくなるでしょうね」ルーカスが同意する。

「本物のゼロ地点を見つける方法はあるんですか?」

「〈クルーガー・ウイルス〉がある一点から広まったという原点に立ち返るなら、その範囲は円になり、必ず時間の経過とともに拡大していくはずなんです。そうすると、僕らの半円は、ウイルスが活動している範囲の一部分でしかないことになります。ゼロ地点を見つけるためには、半円をもとにした円の中央を狙わなきゃならない」

「つまり、行くべき場所は――」

「マレラネの町の近くだ」ルーカスは地図の地名を指差した。

ダニーが納得していない様子で頭を振っている。

「なぜウイルスが一カ所から広がったと確信できるんです？」

「僕らが調べた感染地域の形を見て、そう思いました。ゼロ地点が一カ所でないなら、感染地域はモザイク模様のように散らばるはずです」

「ウイルスが空中を飛んでいったとしたら？」

「そうなったら、状況はまったく変わってきますね。同心円を描くようには広がりません。ただ、僕はそれはないと思っています。ほぼ半円型であれば、その可能性を追う必要はない。それに、トリについては調べなかったでしょう？」

今度はふたりとも納得した。

「そうなるとやはり、現段階でもっとも信じられるのは、ウイルスのゼロ地点が一カ所だったという説になる」

アンナは急に吐き気がした。ウイルスはすでに公園内の広範囲に行きわたり、多くの動物が感染した。種の数は、九つが確定できている。ルーカスとダニーは分布図を完成させることに集中しており、アンナだけが不安になっていた。

（この人たちは立ちどまらずに動きつづけているんだわ……。それなのにわたしは、この世の終わりを想像して怯えている……）

コミュニケーション手段を厳格に制限されたことで、アンナはすっかりまいっていた。個人的な電話はまったく許されず、メールについても、具体的な情報に触れられていないか毎回ルーカスのチェックが入る。時間がある時にヤンに電話をしなかったことが、心から悔やまれた。少なくとも、化石を発見したことを伝えて、もう待てない、休みたい、あなたに会いたいと、正直に伝えるべきだった。ヤンの声が聞けるならなんだってするし、今なら非難の言葉さえも喜んで聞けるだろう。

アンナが悲嘆にくれている間も、ルーカスとダニーは分布図にかかりきりになっていた。

「マレラネの郊外はどんな環境ですか？」ルーカスが尋ねた。

「特筆すべきものはありません。ただの農地ですよ。パイナップル畑の向こうに、サトウキビ畑が続いているだけですから」

「沼地や洞窟といった、ウイルスが出現しそうな場所はありませんか？　よくわからないが、コウモリとか、カエルやイモリの血がありそうな」

「私の知る限りはありません。土壌に花崗岩が混じっているので、ほぼ浸食しないんです。この地域では、洞窟などどこにもないと思います」

ルーカスは、ウイルスのコロニーとなり得る場所がないか探したが、見つからなかった。ダニーが正しい。ほかの可能性を探るべきだろう。

「今からマレラネまで行ってしまおうか。時間はどれくらいかかりますか？」

「ゆうに三時間はかかります」ダニーが答える。

「今日はもう遅すぎるか。ロッジまではどのくらい？」

「二時間くらいですかね」

「わかりました。では、テンダイには、できるだけ早く向かってほしいと伝えてください。町に泊まれるなら、そのほうがいいですね。今晩からでも調査が始められますから。我々は明日朝一番で出発しましょう」

五

三人を乗せた車は、マレラネの町まであと十キロの距離まで来ていた。街路樹のユーカリが、住宅のほどよい目隠しになっている。と、頭上で大きな物音がして、アンナが天を仰ぐと、窓越しに双発機が低空飛行しているのが見えた。機体から、束状の線になった殺虫剤が放出されていく。ＷＨＯの指示が三日もたたずに実行されたのだ。アンナは安心するどころか、この慌ただしさに危機感を覚えた。

電話が鳴って、ダニーが路肩に車を止めた。教え子のテンダイが調査の結果を報告してきたようだ。それによると、二カ月前、マレラネのレストランの店長が、ゴミに埋もれ、全身から血を流して死にかけている大型犬を発見したらしい。狂犬病を恐れた店長は獣医のジム・オルソンを呼び、診断の結果、犬はその場で安楽死させられたという。

知らせを聞いたルーカスは、こぶしを握り、前方にパンチを繰りだした。

「よし、これで突きとめられる！」

「ウイルスのゼロ地点のことですか？」

アンナは、ルーカスのはしゃぎようをおもしろがらずにはいられなかった。

「近づいているのは確かです。それに僕が思った通り、ウイルスが南の地域に存在している証拠がみつかったんだ！　ダニー、僕らが着いたらすぐにオルソンに会えるよう、テンダイにアポイントを取ってもらってください。できるだけ早く話を聞かなきゃならない」

ダニーはテンダイに依頼を伝え、返事にじっと耳を傾けた。それから、よくやったと教え子をねぎらいながら電話を切って、笑顔を見せた。朝日を浴びて輝く顔に、ここ最近の心労が滲みでている。

「わざわざオルソンに会いにいく必要はありません。大型犬には個体情報がわかるマイクロチップが入っていました。飼い主は、ペトルス＝ジャコバス・ウィレムスという警備員だそうです。なんと、彼はオルソンの顧客だったんですよ。ウィレムは職場に連れていくために、ボーアボール犬を飼っていて、その一匹しか患畜の登録がなかったので、大型犬がウィレムスの飼い犬だと知って獣医は驚いていました。死んだ大型犬は、びっくりするような巨体だったようですね。犬を安楽死させたあと、オルソンはマイクロチップの情報をもとに、どうにかしてウィレムスと連絡を取ろうとしたんですが、彼が電話に出ないので、最終的に留守番電話にメッセージを残したようです。折り返しの電話もなかったらしいですよ」

「素晴らしい！　よくそこまで調べてくれました！」

ダニーは相変わらず、帽子から鳩を出す直前のマジシャンのように笑っている。

「これで終わりじゃありません。ウィレムスの勤務地が、クルーガー国立公園の横を流れるクロコダイル川のすぐそばなんです」

「彼の自宅はどこです？　遠いんですか？」ルーカスが尋ねた。

「問題はそこですね……。住まいはリチャーズベイといって、ここから百キロほど離れたところにある港町です。職場までかなりの距離ですよ。手はじめに、彼の家は行ってみたほうがいいでしょう。テンダイからも彼に電話をかけていますが、応答がありません」

ルーカスは、間もなくマレラネに着くというのに、また長時間のドライブを強いられることに苛立ち、無意識のうちにステットソンの帽子をかぶりなおした。

「僕らは動物を探しているんであって、人を探しているわけじゃないでしょう？　その大型犬が、ウイルスの宿主や、そのほかの感染動物と接触したのかを確認したほうがいい」

アンナは考え込む様子で首を横に振った。

「賛成できません。やみくもに町を見てまわるより、先にウィレムスに会うほうが情報を得られるかもしれないもの」

「もしも家にいなかったら？」

「メッセージを残せばいいだけでしょう？」

「そこで調査が止まるじゃないか。時間も無駄になる」

ダニーがふたりの仲裁に入った。

「だったらこうしましょう。まず彼の職場に行けばいい。ここからは約四十キロです。テンダイの説明で、建物があるだいたいの場所もわかりました。何もみつからなかったとしても、そのあとで家に行く時間は残っていますよ」

「それならいいでしょう。うまくいけば、遠出しなくてすみそうだ」


プール付きの豪勢な邸宅が並ぶマレラネの住宅街をうしろに見ながら、車はクルーガー国立公園に続く一本道に入り、三十キロほどひた走った。最初の角を右折して砂利道に入ったところに、〈川〉と書きなぐった古い標識が立っている。だが、それに反応する者は誰もいない。やがてカーブを曲がると、ついにクロコダイル川が現れる。

「もう間もなくですよ」ようやくダニーが口を開く。

アンナは窓越しに二頭の有蹄類《ゆうているい》を見つけた。ウォーターバックが中洲で角を遊ばせているのだ。実によくある光景だった。ルーカスは地図を見ながら、どれだけ車を走らせても、まだウイルスのゼロ地点を特定できないことを嘆いている。

「ちくしょう、どこだ？」

自制心を失い、思わずダニーが口走る。それから、道を間違えそうになって二度Uターンし、ようやくうっそうと草の茂る分かれ道に到着した。

「案内の看板はないみたい」アンナが言った。「こっちでいいんですね？」

「行ってみるしかありません。畑仕事の人が見つかれば、道を教えてもらえるでしょう」

やがて、砂利道からなめらかな道になった。それが、すぐにアスファルトの道路に変わった。あやしい……ジャングルの真ん中にいきなり鉄橋が現れるようなものだ。五百メートルほど進んだところで、重厚な黒い門が現れた。両サイドに有刺鉄線が張り巡らされたフェンスが囲み、その内側に、屋外駐車場と立派な建物が見える。不思議なことに誰も人がおらず、車は一台も駐車されていない。建物は真っ白で謎めいたキューブのようだった。

「ここですか？」アンナが小声で言った。

「パトロール中の警備員くらいはいそうなものですが」ダニーが答える。

「おかしいな。会社名もロゴもない」

そう言うと、ルーカスは車から降りてインターフォンを探したが、それすらもない。まるで人の侵入を完全に拒絶しているようだ。車の止まっていない駐車場と相まって、あたり一帯が石化し、打ち捨てられた雰囲気が漂っている。

もうひとつ気になることがあった。壁に埋められたエアコンの室外機が停止している。車のそばから離れようとしないまま、ダニーが気まずそうにぼやく。

「どうします？　猫一匹いませんよ。今出発すれば、夕方にはウィレムスの家に着きます」

ルーカスは神妙な顔で有刺鉄線を調べた。

「車にペンチはありますか？」

「中に入るつもりですか？　ＷＨＯは侵入訓練までやっているんですか？」

「怪しすぎるので、近くに行って確認してきます。危険なウイルスが理由ならともかく、フェンスがあるから諦めました、では話にならない。つかまったとしても、僕が留置所でひと晩を過ごすくらいでしょう？」

ダニーは少しためらってから車のトランクを開けた。公園の柵のメンテナンス用に、いつもケーブルカッターを携帯しているのだ。ルーカスは数分でフェンスに人が通れるほどの穴を開け、すばやく中に入った。ステットソンの帽子を脱ぎ、毅然とした様子で動いているのを見ると、いつものいい人ぶりを忘れてしまいそうになる。

「ふたりはそこで待機してください。僕がつかまったらあとのことはまかせますよ」

実際のところ、ルーカスは危機感を覚えていた。建物に近づきながら、これまで得た情報を振り返ってみる――ウィレムスは感染症の爆心に位置する会社で働いていた。しかも、飼っていた大型犬が、約二カ月前に、病変が認められる状態で死んでいた。原因は〈クルーガー・ウイルス〉だろうか？　安楽死のあとに火葬されたので、確認することはできないが、病変は子ゾウのものと同じと考えていいだろう。そうすると、オルソン獣医の患畜だったボーアボール犬との関係が見えてくる。安楽死させられた大型犬は、ボーアボール犬が先祖返りした個体だったのではないか。そして今、困ったことに、警備員がレーダーから姿を消した。このミステリを解く鍵は、ウイルス……。

彼はウイルスと接触したのだろうか。

彼の飼い犬が、〝ゼロ地点〟なのだろうか。

（電話をしても、応答がない……）

建物の前まで来たが、ルーカスは中に入れなかった。頑丈な鋼鉄製の扉が、電子ロックで施錠されている。ルーカスは、壁に沿って西側に回り、窓を見つけた。ありがたいことに、この窓はほかと違って曇りガラスになっていない。フェンスに面しているのと、その先が荒れ地なので、設計者が配慮不要と判断したのだろう。

窓の向こうの部屋は倉庫兼オフィスらしく、棚の各段に販促用の景品が並んでいる。USBメモリ、それからボールペンも。ただし、会社名がわかるステッカーはどこにもない。ほかにもふたつ、気にかかることがあった。床に脱ぎ捨てられている上着と、机の上のアイフォンだ。ここにいた人物は、大急ぎで逃げだしたようだ。

ルーカスは表に戻り、あと一回だけやってみると決めて、入り口の前に特大サイズのゴミ箱をひきずってきた。その上によじのぼって明かりとりの窓から中をのぞき込む。すると、上の階に続く手すり付きの階段があって、その先に、扉が開きっぱなしのガラス張りの部屋が続き、ステンレス製の作業台と、天井からぶら下がっているホースが確認できた。そのホースにつながっている白い防護服が、床にうち捨てられた状態でだらりと横たわっている。ああいう形の、気密式の防護服が使われているのは、確か……ルーカスは喉がつまった。一瞬のうちに、脳が情報をひとつにまとめる。有刺鉄線、フェンス、電子コード。ほぼ開口部のない建物。完全な気密性が保持された部屋。防護服とエアマスク……。

間違いない。似たものを見たことがある。

この建物には、極めて危険で、もっともリスクが高いとされる病原体を扱うための、バイオセーフティーレベル（ＢＳＬ）４の実験室がある。

ＢＳＬ４の実験室は、世界中に三十ほどしかなく、そのすべてが行政の管理下にあった。また、金庫室、エアフィルター、使用ずみ機器を滅菌するオートクレーブの設置が義務づけられ、生物学者が中に入る場合は、ここと同じような防護服を着用し、厳重に定められた複雑な手順に従わなければならない。

この建物に金を出したのは誰か？ 少なくとも政府ではない。それなら正式なステッカーが貼ってあるはずだ。おそらく民間の製薬会社だろう。それ以外に、こうした施設に数百万ドルもかけられるはずがない。あるいは、思惑が一致した企業同士、もしくは企業と研究機関とで費用を折半したのか……。

ルーカスはすっかり考え込んでいた。と、その時、静寂を引き裂く悲鳴が聞こえた。彼は驚いた拍子にひっくり返って地面に頭を打ち、一瞬動けなくなった。

「ルーカス、大丈夫ですか？」

アンナが助けにこようと、フェンスの穴をくぐり抜けようとしている。

「大丈夫、こぶができただけだ。きみはこっちに来ないでくれ！」

後頭部を触った手が血で赤くなった。

ふと、監視されているような気がして顔を上げ、衝撃で心臓が止まりかけた。

黒い虹彩が、明かりとりの窓越しにこっちを見ている。

サルの目だった。しかし、あれは自分が知っているサルの目だろうか？ それとも退化した太古の種族のものだろうか……。

建物の正体が怪しい実験室だとわかっても、ダニーはそれ以上のことを聞こうとしなかった。自分たちに必要なのは休息だ。彼はそう判断したのだ。ルーカスとアンナも同意して、ウィレムスの家には明日改めて訪問することにした。

＊　＊　＊

ところが、部屋に戻ってからもルーカスは落ち着かなかった。建物に近づきながらあれこれ考えていたことが、頭にこびりついて離れない。警備員の犬が感染していたとすると、飼い主はどうなったのか？　まさかウィレムス自身も感染してしまったのだろうか？

傷の手当をしてシャワーを浴びたあと、ルーカスはダブルのウイスキーで胸の憂いを追い払った。ステファンにメールを書かなければならないのに、まったくその気になれない。できれば〈クルーガー・ウイルス〉のことなど忘れてしまいたかった。

ウイスキーの最後のひと口を味わっている時に、ふとアンナの顔がよぎる。ルーカスは激しく心をかき乱されて、頭を振った。彼女は人を破滅に導くほど美しかった。いや、それ以上かもしれない。彼はこの事実に打ちのめされて、痛みすら覚えた。しかも、外見だけでなく、内面的な魅力にも驚かされる。頑固者なのに細やかな配慮ができて、感受性が強く、明るくて、真面目で……。

ルーカスはうなり、抑えがきかなくなる前に、思考にストップをかけた。

（たのむ、止まってくれ）

妻を愛している。結婚生活を危険にさらすことはできない。そんなことはわかっているのに、どうしてもアンナのことが頭から離れない……。

疲れとパンデミックへの恐怖から、いつもより欲望に弱くなっているのは確かだった。だが、はたしてそれだけだろうか？　美しい女性に出会ったのは初めてではない。ルーカスは出張が多く、時には数週間も家を離れることがある。それでも、こんな感情を抱いたことはなかった。

身体がぶるりと震えた。ルーカスは窓に近づいた。空に大きな満月が輝いている。咲き誇る白いグラジオラスの香りを吸って目を閉じたが、状況はさらに悪くなった。口を半開きにした彼女の顔が目に浮かび、欲求不満の声が漏れる。きっと……妻のマニュエラと話ができれば、こんな思いをせずにすんだのだ。距離だけでなく、箝口令《かんこうれい》が状況の悪化に拍車をかけている。息子たちの喧嘩や、くだらない質問が恋しかった。そして、マニュエラの声が聞きたかった。何でもいいから話がしたくて、心からの願望を伝えたかった。きみがいなくて寂しい、きみが欲しい……。

ダニーの判断は正しかった。数時間でもいいから、現場を離れなければならない。そうでないと、頭がおかしくなってしまいそうだった。

ルーカスは窓辺を離れ、机の前に座って考え込んだ。

キーボードに置かれた指がなめらかに動きだした。

宛先：ステファン・ゴードン
『公園近くでBSL4の研究施設を発見しました。見た限り中に人はいません。ただし、サルを一匹だけ見かけました。
できるだけ早く連絡をください』

リビングに入ったところで、ルーカスはダニーとぶつかりそうになった。

「申し訳ないが、これから外に出てきます」慌てふためき、ダニーが言った。「メアリーが、友だちの家の集まりについていってくれといって、きかないんです。ひと月前に頼まれていたのですっかり忘れていました。断わるわけにはいかなくて」

「そうすると、僕らだけで……」

ルーカスは、何と言っていいかわからず黙り込んだ。できればアンナとふたりきりのディナーを避けたいとは、口に出せるものではない。

「いいですよ、どうぞ楽しんできてください」

「私はロッジにいたかったんですがね。でも、約束したものはしかたありません。アンナはもうアペリティフを始めていますよ」

ダニーからウインクされてしまい、ルーカスは心を読まれているのかと思った。


アンナはグラスを掲げ、疲れ切った笑顔でルーカスを迎えた。

「ワインはいかが？　今晩くらいはビールじゃなくてもいいでしょう？」

「なぜ？　アメリカナイズされすぎだから？」

かすれた笑い声が返ってきて、ルーカスは心から感動した。

「あなたのその赤ワインをもらおうか」彼はできるだけさりげなく頼んだ。

「ここの土みたいなえぐ味があるの。きっと気に入ると思うわ」

アンナがワインを注いでグラスを渡す。ルーカスは、彼女と目を合わせないようにルビー色のワインをじっと見つめ、口に含んだ。

「悪くないね」彼女の言う通りのフルボディだ。

答えの代わりに、ため息が聞こえる。

「疲れたかい？」

「もうへとへと……。そんなことより……わたしたち、仕事の話は明日にしません？」

「僕もそうしたいと思っていた。今日はウイ……いや、もういいね」

「この時間を楽しみましょう」

　疲れをのぞかせ、けだるそうに笑うアンナが、本当にセクシーだと思わざるを得なかった。彼は願望を見透かされずにすむ話題を探しながら、小さく「乾杯」と言ってグラスを合わせた。彼女がまたため息をつき、網戸の向こうにある庭を指差す。

「素敵な国なのに、もっと別の機会に来たかったわ……ああもう、今日はウイルスの話はしないって言ったのに。そうだわ、これからやってみたいことを話しましょう。あなたは何がしたい？　その……これが終わったあと？」

「一カ月の休みを取って、メガロポリスにでも行こうかな」

「ほんとに？」

「嘘だよ。ちょっとばかり文明を取り戻したくてさ。妻をオペラに連れていくとか、子供を映画に連れていくとか、街をぶらつくとか、何でもないことをやりたい。わかるかい？」

「すごくよくわかります」

「あなたは？」

「わたしなら……」

アンナが考えながら、冷たさを楽しむようにこめかみにグラスを当てる。

「思いつかないわ……寝るとか？」

「やめてくれよ、それがあなたの理想のバカンスの過ごし方？」

「違うに決まっています。でも、理想的に過ごせるかどうかはわかりませんが、有給休暇は取らなきゃいけないし……。あとは、博物館の仕事が山積みだわ」

「アンナ、あなたはスーパーヒーローじゃないんだ。誰にも言われたことはない？」

「あります。でも、もっと優しくない言い方だった」

彼女の目に涙が滲んできた。ルーカスは泣かせてしまったことに驚き、とっさにグラスを置いてアンナを両腕で抱きしめた。

「すまない……そんなつもりは……そうではなくて……」

アンナはたじろぐことも、顔をそむけることもせず、顔を上げてルーカスを見つめた。唇が震えている。彼は彼女の香りにうっとりした。アーモンドと温かい肌が混じりあった香りに身体が熱くなる。期待で吐きそうになり、同時に、彼女が知っていることを悟った。感じているに違いない――ぴったり押しつけられたものが、彼女の中に入りたくて強張っていることを。ここに来た時からわかっていたはずだ。いや、もっと前からだろう。ふたりの間でそれは――彼が彼女を欲しがっていると――了承ずみだった。

それはアンナも同じだった。欲望に抵抗することができなくなっていた。ふたりの唇がそっと重なった瞬間、彼女の罪悪感は消えた。

キスは深くなり、熱を帯びて、欲望にたぎり、時に投げやりで軽やかになった。すでに、信頼し切った恋人同士のキスだった。ルーカスの隠された欲望と、アンナの束の間の欲望が、ふたりを燃え上がらせた結果だった。

ふたりは黙ったまま手さぐりでボタンとファスナーを外し、上下になって、裸になりながら夢中で肌をまさぐり、最後は、本棚の足元にあるラグの上に落ち着いた。アンナは一瞬、誰かに見られるかもしれないと思いながらも、下腹部にルーカスの口を感じると、考えることをやめ、彼を迎え入れるよう背中を弓なりに反らせた。その瞬間、彼女は濡れて、自分を焼き尽くそうとするこの火を鎮めるためなら、すべてを差しだし、犠牲にしてもいいと思った。喜びの声を漏らし、目を開けて、彼が入ってくるところをしっかり見つめた。

パン・デピス(訳注)のような肩、たくましい腹部、分厚い唇……。

(ぜんぜん違うわ)

美しい男が身を震わせ、顔をこわばらせながら必死になっている。アンナは快感をつかみはじめた時に、いつの間にか泣きだし、それから叫んで、絶頂の波に飲み込まれた。

呼吸が止まり、しばらくして正気に戻ったあと、アンナはもう二度と元の自分に戻れないことに気づいた。よくあることのように、簡単に恋人を裏切ったのだ。

ふと、子供の頃に遊んだ石蹴りを思い出した。上に〈天〉、下に〈地〉と書かれた枠の間に、数字が書かれた枠が並んでいる。自分はそこでバランスを崩して転んだだけ……。

この先何があろうとも、そして自分が秘密を守ったとしても、この記憶は自分の中に残る。ヤンに知られてはならない、絶対に。アンナはルーカスのほうに向きなおり、ささやいた。

「今夜、一度切りのことだった。そうでしょう?」

ルーカスが何も言わずにうなずき、アンナのほうに向きなおった。彼があまりに思いつめた顔をしているので、アンナはショックを受けた。ルーカスの両手がアンナの頬を包み、混じりあったふたりの臭いがした。彼が唇を重ねてきた。

視線に耐えられず、彼女はまぶたを閉じた。彼の身体が離れていく。アンナは静かに起き上がった。

扉が閉まる音を待って目を開けた。

(一度切りのこと……)

＊　＊　＊

第二勇新丸は、南極大陸に向けて航海を続けていた。
その前の晩、イチローは、手すりから撮影していた「キノシタ・トシヤ対海水から現れた獣」の動画を、インターネットに上げてみようと思った。多少のためらいはあったが、好奇心が不安に勝ったのだ。できればネットユーザーに、獣の謎を解いてもらうつもりだった。
彼は目を引くタイトルをつけた。
《海のキツネと勇敢な銛打ちの死闘！》
動画の下に詳しい説明も書いた。
《ニューカレドニア沖で、捕鯨船の網に獣がかかった。こいつの正体が何なのか、乗組員全員が悩んでいる。誰かわかる人がいたらぜひとも教えてほしい》
訳注：フランスの伝統的な焼き菓子。〈香辛料を使ったパン〉という言葉が、その名の由来。

投稿サイト

たぶんこれは、ニュージーランドの〈ビッグフット〉だと思う(^_-)☆
一日前　マルモット19

家族旅行でニュージーランドに行ったよ。素敵な国だった！
十一時間前　ミスピンク

目を覚ませ、マルモット！　ニュージーランドじゃなくてニューカレドニア沖だ！　ミスピンク、旅行の話はいいね。きみにぴったり。
十時間前　ダークホース

俺はオオカミとイヌのハイブリッドだと思う。
十時間前　コアラマスター

普通にシェパードって言ったほうがわかりやすくない？(˘ᴗ˘)
それで、あなたのわんちゃんは捕鯨船で何やってるの？
それからダークホース、ダース・ベイダーごっこはやめなよ。誰にでも間違いはあるもの（ニューカレドニアってほんとに素敵なところよね）。

九時間前　ミスピンク

みんな勘違いしている。あれはクジラの祖先のパキケトゥスだ。

八時間前　セイヴザプラネット

クジラの祖先に毛が生えてるの？　爆笑

八時間前　ミスピンク

糞野郎のことはほっとけよ、ミスピンク。まだ言ってんだな、真実は隠されているとか、エルヴィスは死んでないとか。

五時間前　コアラマスター

お前らいいから自然史博物館に行ってみろよ。もう一度言う。五千万年前は陸生哺乳類だったクジラの祖先。それがあのパキケトゥスだ!

四時間前　セイヴザプラネット

そうかもね、セイヴザプラネット。でもあなたのパキマシーンは何でまだ生きてるの?

四時間前　ミスピンク

それはまったくわからない。動画の動物が退化していることしかわからないよ。奴は船乗りを怪我させただけだ。あちこちの海でクジラを虐殺しまくってる奴らなんて、そのまま食っちまえばよかったのにな。

三時間前　セイヴザプラネット

ねえみんな見た? 韓国の釜山《プサン》港で似たような事件が起こってる。〈釜山〉〈変なキツネ〉で検索して。

二時間前　ミスピンク

南アフリカのリチャーズベイ港でもな。

一時間前　セイヴザプラネット

ヤバくない？

三十分前　ミスピンク

ヤバいし世紀の大ニュースだ(^_-)☆　キツネちゃんたちは何がしたいんだ？　ジョーズの逆襲か？

二十分前　コアラマスター

三章　汚染

一

　ステファンは、報告書で埋もれている大きなガラステーブルに近づいた。ＷＨＯ事務局長のマーガレット・クリスティーが、これを机代わりに使っているのだ。彼女はちらっと彼のほうを見た。

「どうしてほしいの、ステファン？」

「私のメッセージは読んでいただけましたか？」

「ええ、読んだわよ。あなたはこのウィレムスが、未知のウイルスに感染したかもしれないと考えているんでしょう」

「理論上はあり得ません」

「でも、あなたはそれを確信している。そう行間に書いてあるわ。カルヴァーリョも同じ意見ね」

「ウィレムスをつかまえてみないことには何とも言えません」

　マーガレットがいきなり顔を上げた。

「住所はわかってないの？」

「昨晩遅く、カルヴァーリョから電話でこの話を聞かされたんです。私がすぐにでも確認したいと思っているのを察して、うちのチームが調べてくれましたよ。それによると、ウィレムスは登録のあった住所から引っ越していました」

「つまり、今は行方知れずということ？」

「そうと決まったわけではありません。奴に前の部屋を貸していた女性の話では、港のそばに新しい家を見つけたそうです。その女性からは完全に嫌われていました。感じが悪く、陰険で、臭いもすごかった、と。獣の臭いが充満していたので、奴の退去後は内装をすべて交換したらしいですね」

「犬のほかに、動物を飼っていたということ？」

「間違いないでしょう」

マーガレットがじっとステファンを見つめている。ステファンは改めて、彼女が本当にうんざりしているようだと感じた。いや、最悪の事態を覚悟した上で、心配もしている。

「想像してごらんなさい。その男がウイルスに最初に感染した動物の飼い主で、ほかの動物を連れて、港湾内を自由に行き来しているところを。世界中に炭疽菌入りの封筒をばらまいているようなものだわ」

「だからこそ、引っ越す必要があったのでしょう」

「何を言っているのかよくわからないわよ」

「リチャーズベイとマレラネは、約百キロ離れています。時間にすると六時間強だ。仕事終わりに、毎晩、自宅に戻ることはできません。それに、この港は、けっして暮らしやすい場所じゃないんです。もちろん、放置された工場跡地や、コンテナ船に並々ならぬ関心があるなら別ですが……。そうでなければ、彼は密売人に違いありません。販売しているものと、販売方法はまだわかりませんが、手がかりはつかんでいますし、チームに全力で捜査に当たらせています。それから、汚染の発生地点がわかりました」

「例の研究施設ね？」

「ええ、そうです。何もない場所に、ＷＨＯがまったく関与していないＢＳＬ４の研究施設があるなんて！」

マーガレットは椅子に座ったまま回転した。

「あなたはウイルスがこの建物から漏れたと考えているの？　一企業が〈クルーガー・ウイルス〉をゼロからつくってしまったと？」

「あり得ると思います。ただ――」

「ただ、何？」マーガレットが詰めよった。

「例え〈クルーガー・ウイルス〉が、試験官から偶然誕生した〈フランケンシュタイン・

ウイルス〉のようなものだったとしても、太古の昔に戻るという現象が、どうやって生まれたのでしょうね？　つながりがあまり感じられません」

「そうね。でも、それもきっとすぐに突きとめられるでしょう。わたしのほうは、今日にでも南アフリカの保健省をつかまえて、もう少し情報を探ってみるわ」

＊　＊　＊

「わたしたち、ラッキーでした」ステファンが緊急対策チームの元へ戻ってくるなり、ファックス用紙を振りまわしながらガブリエラが言った。「ウィレムスは、南ア警察にばっちり目をつけられちゃってます」

「なんだよ、その話し方は」トーマスがからかった。「田舎の不良娘じゃあるまいし」

「トーマスちゃん、人のことをあれこれ言う前に鼻でもかめるようになりなさい」

ステファンは早くまともな情報が欲しかったので、ふたりの言いあいを止めた。

「奴は何をしたんだ？」

「夜間警備員として勤務していた倉庫で、盗みを働きました。くすねた農具をインターネットで売りさばいていたんです」

「有罪にならなかったのか？」

「司法取引があったんですよ。詐欺組織を密告し、釈放されました。そのあとは、情報屋として動く代わりに書類上はまっさらにしてもらったので、税関職員もまんまと騙されています。おまけに、どんな企業にも就職できたようですね」

「わかったのはそれだけか？」

「いいえ。実は、税関に切れ者がいたんです。前々からウィレムスが怪しいとにらんでいたようで、頼んだら奴の動きを調べてくれました。ウィレムスは、前と同じ偽名で密輸を再開したようです。理論上はアドレスが追跡できなくなるソフトを使っていますね。まあ、理論上ですよ。奴のコンピュータは、思った通り今もまだリチャーズベイにあります」

「住所がわかったんだな？」

「パラダイス・アレー二十二番地です」

「すぐカルヴァーリョに伝えよう」

二

ルーカスは遠くから、リチャーズベイの入り口に建つありふれた赤レンガの家を見張っていた。その横で、担架を抱えたふたりが、警察特別組織〈ホークス〉のゴーサインを待っている。南アフリカ国防・保健省がＷＨＯの要請を受け入れるや、このホークスが応援に投入されたのだ。アンナはルーカスの少し後方にひかえている。彼女を立ちあわせたくなかったルーカスは、作戦の危険性を話してきかせたが、アンナは耳を貸そうとしなかった。彼も内心では、こうなるのもしかたがないとわかっていた。この件が動きだして以来、アンナはＷＨＯに無理難題を押しつけられ、泥船に乗せられて、一生分の苦労を味わっている。ようやく事態が動きだしたのに、こんな重大な局面を見逃せるはずはないだろう。

ついにホークスの隊長から合図が出て、白い防護服を着た一団が窮屈そうに歩きはじめた。埠頭の道は両サイドに分かれ、〈パラダイス・アレー二十二番地〉は、直に海に面していた。海上には、タンカーを案内するための馬力のあるタグボートが並んでいる。あたりに強い燃料油の臭いが充満し、道端にはタイヤの山が積み上がっていた。

「パラダイスとはえらい違いだね」防護マスクをかぶったルーカスが、こもった声でアンナに冗談を言った。

家屋の雨戸はぴったり閉めきられている。ホークスの一団が、コンクリートの階段を二段上がった。彼らの指先は携行する銃の引き金にかかっている。ルーカスはそこまでしたくなかったが、ホークスの作戦行動に彼の意見が採用されるはずもない。作戦に先立ち、全員に、ウイルスの危険性と感染者に遭遇する可能性が伝えられていた。担架を抱えたふたりは、中から呼ばれるまでこの場に待機する手はずになっている。

アンナはルーカスの緊張が大きくなっていることに気づいていた。あの出来事がなかったとしても――〈彼とキスしたのよ、アンナ、あなたはすごく喜んでいた〉――彼のことを理解しはじめていたのだ。ふたりで手を取りあい、はるか昔から〈クルーガー・ウイルス〉を追いつづけている気がしたことも一度だけではない。夕食後は毎晩のように、自分たちの希望や失望について語りあった。互いのこれまでのことも頭に入っている。ルーカスは、マニュエラという賢い妻とふたりのかわいい息子とともに、ジュネーヴで幸せに暮らしている。いっぽうのアンナには、ヤンという誠実な恋人がいるが、最近は言い争いばかりで、溝は深まるばかりだ……。

それが今では、あの出来事のせいで、こうした人々とどう接するべきかわからなくなっている。アンナは頭を冷やそうとしてもうまくいかず、無防備に語りあったことを悔やんだ。それでも、自分にとってルーカスは、数少ない理解者のような気がした。もちろんヤンが一番だが、彼しかいないと思っていた頃のことを考えると……。それに、彼女自身も、ルーカスを深く理解していると感じている。彼と寝ていなかったとしても、彼には存在感と、ほかの人にはない傾聴力《けいちょう》があることはわかっていた。ふたりは今、にこやかに顔を合わせながらも、その裏に甘く刺激的な何かを感じ、どうにかそれを忘れようとしていた。身体を重ねたことで、ルーカスとの関係はどうしようもなく変わってしまったのだ……。

ついに、ホークスが玄関の扉を襲撃する。その瞬間、アンナは同行したいと言いはったことを後悔した。形容しがたい興奮で、一気にストレスが増大する。感染者と遭遇するかもしれないと思うと信じられないほど不安になるいっぽうで、どこか現実離れしているようにも感じた。だが、感染者に会えるならすべてが証明できる。いや、もっと先へ進めるかもしれない……もっと先とは、どこを指すのだろう？　それに、人間が〈クルーガー・ウイルス〉に感染したらどうなってしまうのだろうか？

アンナは身震いして、歩きだした。

「ルーカス、ウィレムスが第一感染者だとして、彼は……」

「見た目がどんなふうに変わったか、ということだね？」

「ええ……」

「心配しなくていい。今のところは、あのウイルスがヒトをどうこうするとは決まってないんだ。傷から血が出るだけかもしれないし、意識を失うだけかも――」

「サルには症状が出ました。遺伝子的に、人間とサルは類似性があります」

「そうだね。だから、ウィレムスが感染しているなら、ヒトに感染する〈クルーガー・ウイルス〉が奴の家に潜んでいることになる。だから、中のものには一切触らないこと、いいね？」

爆音とともに玄関の扉が開いた。とたんに悪臭が鼻をつく。

ルーカスはアンナに目で尋ねた。

『準備はいいかい？』

青ざめた顔で、アンナはしっかりとうなずいた。ふたりはホークスのあとに続いて廊下の暗がりを進む。悪臭が耐えきれないほど強くなり、タールのように粘り気を増して、鼻腔に入り、粘膜を覆う。こらえても吐き気がこみ上げる。

彼らはまずキッチンに入った。テーブルの上に残飯が散らばり、シンクから包装紙があふれでている。家具が壊され、買い置きの食料も荒らされていた。缶詰だけが、あちこちに手つかずのままころがっている。

　隣の部屋は寝室で、ベッドがひどく乱れているのが目についた。床に引き裂かれた服が散らばっている。ホークスはすでにリビングに移動し、ここにはふたりしか残っていない。ルーカスが壁についている半開きの扉を開けた。クローゼットだと思っていたその場所に、地下へと続く階段が現れる。彼が天井灯のスイッチを入れて階段を下りるのを見て、アンナもあとに続く。臭いはさらに濃度を増した。腐敗した肉と大便の臭いが壁のように立ちふさがり、吐き気が止まらない。すぐにホークスも合流したが、ふたりに先を越されたことを激怒している――民間人にいかなる危険も負わせないという指示が、意味をなさなくなるからだ。

　地下室は真っ暗でやけに広かった。壁に沿って棚が並び、各段に数十個のケージが置いてある。向かって右側にある一番手前のケージに、動かなくなったヘビが、石に沿ってとぐろを巻いたまま干からびていた。その奥のケージには、翼を中途半端に畳んだトリが横たわっている。アンナはすぐにそれが、人と会話ができることで有名なヨウムだとわかった。間違いない。ここには絶滅危惧種の密売人が住んでいるのだ。

「ウィレムスの本業はこれだったんですね……」

「これで、奴がリチャーズベイのような港湾都市に住む理由がわかったな。ここからなら、簡単に密売ルートに〝ブツ〟を載せることができる」

ルーカスがケージのひとつに近づき、あおむけになっているベルベットモンキーを調べていた。すでに死んでいて、目に見える傷はない。

あちこちで派手な金属音が響き、ホークスがケージを開けている様子がうかがえた。中の動物が死んでいるかどうか確認しているに違いない。ただ、彼らが到着する前に、すでに開いているケージもあった。あたりに散らばっている死骸の残骸を見ると、何かに食われてしまったように思える。だが……いったい何に食われたのだろう？　と、アンナは急に眩暈がしてふらついてしまった。姿勢を正そうと思ってまたヨウムのほうに向きなおった拍子に、ヨウムの見た目にどこか違和感を覚えた。ひどく痩せこけている。外から衝撃を受けたのか、ケージが少しだけゆがんでいたが、掛け金がかかっているだけなので、アンナにも簡単に開けることができた。翼を持ってそっと広げると、三つの小さな鉤爪が現れた。

鉤爪。羽毛恐竜のような……。

アンナは完全に警戒心を忘れ、ヨウムをつかんだ。一億年前は、こうした小さな羽毛恐竜が獲物を襲い、引き裂いていたという。

「アンナ！」どこかでルーカスの声がした。

驚いて飛び上がったはずみに、アンナは親指にピリッとした痛みを感じた。鉤爪がひっかかり、グローブに小さな穴が開いている。傷口から一滴、血が流れた。ルーカスには見られていない。彼は自分を呼んだきり、大きな囲いの前で動かなくなっている。アンナはパニックの波に飲み込まれかけて身動きが取れなくなり、目を閉じてそれを食い止めた。この血は自分の指から流れたもので、ヨウムの血ではない。感染はあり得ない。それに、ヨウムが死んでだいぶたっているはずだ。だが……実際には、どれほどの時間が経過しているのだろう？　ウイルスは、この暑さと腐敗状況の中で生き延びるものだろうか？

（あり得ないわ……）

アンナは自分の恐怖をいったん脇に置き、ルーカスをあれほど惹きつけているものが何なのかを確めたくなった。彼は石のように固まってしまっている。

そばに行って囲いをのぞいてみると、床が雑多なもので埋めつくされていた――落花生の殻、動物の骨、ドライフルーツのかす、大便。その奥に、肉体らしきかたまりがあった。縮こまり、顔は壁のほうを向いている。大きさは人間よりもサルに近いが……。やがてアンナは、脳が言葉にすることを拒んでいたのだとようやく気がついた。サルに似たこの生き物は、ウィレムス以外考えられない……。

ルーカスがホークスの注意を引かないように、アンナに向かって顎でそっと、片隅にある服の、、、堆積物、、、を指す。アンナはそこにある頭部を観察した。ほぼ額がなく、体毛で覆われ、眉弓《びきゅう》が盛り上がっている。こんな生き物は見たこともない……。好奇心と嫌悪感が同時に湧いてくるいっぽうで、横たわっている肉体に奇妙な親近感を覚える。生き物は骨と皮だけになって、怖くなるほど痩せこけていた。

「ウィレムスに間違いない」ついにルーカスが言った。「ＷＨＯに通報しなければ」

「待って。彼はまだ息をしています」

「何だって？」

「ほら」

息を吐いたのか、わき腹がほんの少し震えた。反対に、ふたりの心臓は割れそうなほど脈打っている。後方のホークスは、こちらに近づきつつ、死骸を確認しながらケージを空にしているようだ。隊員たちはまだ囲いを見ていない。ルーカスが小声で言った。

「少し離れて。あおむけにしてみたいんだ」

「なぜ彼らに頼まないんですか？」

「頼む、アンナ。今だけでいいから、指示に従ってくれ」

「わかりました」

素直に引き下がったことに驚いて、ルーカスはアンナを見つめた。真っ白と言っていいほど顔色が悪い。

彼はマスクの中でも息を止めて、サルに似た生き物のそばまで行き、両足をつかんで強くねじった。すると身体が倒れ、毛に覆われた胸が、かすかな呼吸で盛り上がった。

ルーカスが腕を振ってうしろに下がる。アンナは、そのとんでもない光景に魅了されて動けなくなったまま、唇だけを動かした。

「先史時代の人類が生きている、生きているんだわ……」

三

扉を開けたとたんに見えたステファンの表情で、マーガレットはよくない知らせがあることを理解した。一瞬、聞かなくてすむように扉を閉めてしまおうかと思ったほどだ。

この三日間、彼女は夜が来るたびに世界の終末に怯え、眠ることができなかった。三日間、そんなものはただの妄想だと思い込もうとした。三日間、WHO事務局長として限界かもしれないと悩んだ。これまで信じたことなどなかったが、ついにあの〈ガラスの天井〉にぶち当たったのかと怯えてしまった。もはや自分の能力を疑うところまできている。背負うものが多すぎた。ほとんどの悲劇を止められず、回避できたのは半分しかない。その中にはいくつかのパンデミックもあった。それが、ここに来てまた〈洞窟のウイルス〉が発生したかもしれないのだ。

彼女が恐れていた最悪の事態は現実のものになった。

問題の警備員は、感染した状態の生きた個体として発見されたという。

「退化していました」

「サルに似ています」

「昏睡状態が続いています」

マーガレットはようやく落ち着きを取り戻し、ステファンの言葉が理解できるようになった。

「彼は今、軍の医療用施設に入りました。もちろん隔離されています」

それから一連の写真を手渡された。突出している顎、長くなった腕、驚くほど伸びた体毛――写真を一瞥しただけで、ウィレムスがどういった変貌をとげたのかがわかった。それらをじっくり眺めたあと、彼女は椅子に沈みうなだれた。そしてほんの数秒間、息を整えた。

「何てことなの。この悪夢から目を覚ますことができるなら、何だって差しだすわ。もちろんリスクがあることはわかっていたし、あのウイルスが人間を襲いかねないこともわかっていた。でもここまでとは……」

「まだ話は終わっていません」

「これ以上に悪い話があるの？」

「南アフリカ警察からの報告書を読みました。ウィレムスは、動物の密売にかかわっていたようです。リチャーズベイから船で商品を送っていた疑いが浮上し、実は数カ月前から当局の監視対象になっていたのです。この意味がわかりますか？　奴がウイルスに感染した動物を売っていたとしたら——」

「ウイルスがわたしたちの数週間は先を行っていることになるわね。ああ、何てこと」

マーガレットは立ち上がって神経を襲う緊張を振りはらい、気持ちを安らげてくれる山々の景色を求めて窓辺に立った。世界中の港に陸揚げされる、感染した動物の姿が頭にまとわりついて離れない。ステファンも暗い表情で横に並んだ。

「ヒト型株が簡単に伝播するようですと、すぐにメジャー級の感染症になるでしょう。大自然の中で歩きまわるウィレムスのクローンを追うなんて、やりたくありませんよ。ああ、それだけじゃありません！」

「ウィレムスについて、ほかに何かあるの？」

「彼の昏睡状態ですが、主治医はウイルスのせいではなく、極端な栄養失調が原因だと見ています。それでも、未知のステージに移行しているのは間違いないとのことでした。まさに、プレトリアの研究所から報告されたテナガザルの症例と同じことが、彼の身にも起こっているんでしょう。最初に昏睡状態に陥って、その間に形質変換が生じ、同時に皮膚の病変が、言い方はおかしいですが完治するという……。つまり、栄養のいかんにかかわらず、ウィレムスは昏睡状態に陥ったのでしょう。あとは、いつ目覚めるかですね」

マーガレットは身震いし、急に厳しい目つきになった。

「この件については、わたしたちが正確に掌握しておく必要があります。そのためにも、リチャーズベイで起こったことは、メディアに伏せておいたほうが得策でしょう。政治の圧力に屈せず粛々と動かなければならないわね」

「わかっています」

「情報をつかんでいるのは誰？」

「最低限の人員です。まずは、ウィレムスの自宅に突入した警官たちと担架を運んだふたりですが、彼らは軍に所属していますからね。我々の現地スタッフとしては、カルヴァーリョとムニエ、アビケール一家、それとシェルターの従業員がひとりです。プレトリアの研究所は、まだヒトが感染したことを知りませんが、これは時間の問題でしょう。キャシー・クラッブが有能な研究者であることが証明される結果になりましたね。彼女が真っ先に気づいたわけですから。ここＷＨＯでは、もちろん緊急対策チームのメンバーが知っています。そうだ、ガブリエラに、ウィレムスに売りとばされた動物の足取りを追うよう命じておきました」

「くれぐれも秘密裏に動いてちょうだい」

「もちろんです。公的には、ある組織が狂犬病の疑いのある動物を密輸したという名目で動いています。これならＷＨＯが関与しても不都合はありません」

「それでいいわ」

マーガレットはため息をついてから、笑顔をつくろうとした。だが、顔がゆがんだだけだった。ステファンはただうなずき、何も言わずにオフィスを離れた。

インターネット上

イチローの動画に対する反応は、ここ数日来、増加の一途をたどった。

投稿サイト

ねえ、やっぱり怖くない？
三日前　ミスピンク

何が！
三日前　マルモット19

海の化け物の動画！
三日前　ミスピンク

化け物じゃないぜ、地球温暖化のせいで海面に上がってきた海溝の生物だ。

三日前　ダークホース

へー、物知りだね、大先生。あの海のキツネも手なずけたのか？

三日前　マルモット19

言わせてあげなよ、マルモット19(^_-)☆　ダース・ベイダーが戻ってきてくれたんだから(•̀ᴗ•́)
それに、彼の言ってることは当たってるかもね。

二日前　ミスピンク

おまえが間違ってないとしてさ、ダークホース。何であれがキツネなのか説明してみろよ。俺は生物の授業で習ったぞ。海溝にいるのはネバネバのタコみたいな奴だ！

二日前　コアラマスター

俺は何も説明しない。

二日前　ダークホース

OMG(訳注)！　我らのダーキー・ダックを怒らせた！

二日前　ミスピンク

俺はきみが好きだよ、ミスピンク。写真みせて？

二日前　コアラマスター

(‘ᴗ‘)

二日前　ミスピンク

セイヴザプラネットに訊けよ。奴なら何でも知ってるんだろ。

二日前　ダークホース

まだごちゃごちゃ言ってるのか？　あれは海の化け物じゃないし、地球温暖化のせいでもない。俺は軍の研究が失敗した結果だと思うね。エイズとかエボラ熱みたいに！

十一時間前　セイヴザプラネット

嘘！　エイズって軍の研究から生まれたの？　初耳！

六時間前　ミスピンク

調べてみろ、ミスピンク。そうすれば、政府が優生学を極めようとしていたことがわかる。アレックス・ジョーンズのように、本気で調べている人がいるんだ。彼ならグローバリストがなんでこんなことするのか教えてくれるぞ。

四時間前　セイヴザプラネット

おっと、陰謀論が始まった。できれば『Xファイル』より簡単なヤツにしてくれよ、セイヴザプラネット。

三時間五十五分前　コアラマスター

コアラ、どんな逆風が吹こうと俺の意見は変わらない。あれはパキケトゥスだ。

三時間五十一分前　セイヴザプラネット

ループしてるわ。

三時間十五分前　ミスピンク

加速させるさ。

三時間十二分前　セイヴザプラネット

あんたはサイコじゃなくてただのヤな奴だ。破滅論者！

三時間前　コアラマスター

ニューカレドニア、南アフリカ、韓国。テレビのニュースは何と言っている？

一時間前　セイヴザプラネット

ちょっと！　本気で怖いよ、セイヴザプラネット！

三十分前　ミスピンク

役に立ててよかったぜ、ミスピンク(^_-)☆

十五分前　セイヴザプラネット

訳注：「ＯＨ　ＭＹ　ＧＯＤ」の略語。ネットスラング。

四

ステファンは、ストックホルムのビジネス街にあるバーで、椅子に座りひとりビールを飲んでいた。たった今『サイエンス&ネイチャー』の最新号を読みおえた彼は、怒りを鎮めることができない。グラスが空になったことをウエイターに知らせ、同じものを頼む。もっと強い酒が欲しいが、ここで誘惑に負けたら立ち上がる気力を失い、会議に列席できなくなるだろう。

《時間旅行》とタイトルがついたその記事は、奇形の獣が現れたことに加え、ウイルスの存在と、それがネットに広がる噂と何らかの関係がありそうなことに言及していた。

『世界の主要な港の近辺に、先史時代の動物が現れたという……』

この書き出しで始まる記事の執筆者は、アクセル・カッサードだった。

何と言っても腹立たしいのは、この編集長が電話の一本もよこさなかったせいで、結論に手を加えたり、反論したりする機会を与えられなかったことにある。ステファンは自分をののしった。

〈おまえが反論の権利を、弁明の権利を口にするのか！　あの糞ったれは気づいている、おまえが今も奴を煙にまこうとしていることに！　おまえは勝負に出て負けたんだ！）

はらわたが煮えくり返る思いだが、認めなければならなかった。カッサードは有能だ。十日もしないうちにふたつの情報——留守番電話に入っていたムニエのメッセージと、WHOの密使との出張——をつなぎ、それをまたネットの動画とつきあわせて、パズルを完成させたのだから。

ステファンはガブリエラにカッサードについて調べさせていた。それによると、彼はマンハッタンのソーホーでレコード屋を営む父親の元に生まれ、大学で分子化学を専攻したのちに、『ニューヨーク・タイムズ』に就職したらしい。ところが一九八八年、マンハッタンのホームレス——大半はドラッグ漬けでエイズを患っている——を取材していた際に、クラックの売人にナイフで刺された。この時、彼は決意したのだ。今後はもうひとつの興味の対象に的を絞って取材していこう、と。それが科学だった。

カッサードについて、友人は「けっして諦めない男」だと評し、敵は「闘犬ピットブル」に例えている。もちろん、どちらも同じことを言っているに過ぎない。

（つまり、死ぬ気で復讐する男ということだ）

唯一の安心材料は、カッサードがまだ、最初のヒト感染者の情報を嗅ぎつけていないことだった。だが、それも時間の問題に違いない。遅かれ早かれ真実を知り、根回しせずにスクープを放つはずだ。そうなったら、退化現象のニュースは世界中に火の粉を撒くように広がって、大爆発を起こすだろう。

疲れのせいですべてを悲観的にとらえているのかもしれない……。そう思いながら、ステファンは二杯目のビールを飲みほした。そろそろ立ち直るべきだ。一時間もしないうちに、欧州疾病管理予防センター（ECDC）並びに、アメリカ疾病管理予防センター（CDC）の所長たちとの会議が始まる。どちらの組織も、先進各国の保健衛生を保護する責任を課されていた。

ECDCは、EUの衛生監視員という役目を担っていた。ヨーロッパに到達する可能性のある感染症を見張りつつ、全世界にアンテナを向ける。それらが検出されると、加盟国に知らせ、連携して反撃を行うのだ。CDCはいわばそのアメリカ版である。

ジュネーヴの緊急対策チームが集めた最新の情報によると、〈クルーガー・ウイルス〉はすでに十五の大型貿易港で発見されていた。この情報は慎重に取り扱わなければならない。聞き取り対象は、異形の生き物を見たと訴える船員や港湾労働者であり、精度のよしあしはあれ、信用に値すると判断された証言をまとめたものだった。

間違いない。〈クルーガー・ウイルス〉は、南アフリカといういゝりかごを離れた。その非難の矛先は、自分たちに向けられるはずだとステファンは覚悟した。

何らかの保健衛生上の危機が発生すると、国民と政治家はすぐに科学者の怠慢と、正確に先を見通すことができない無能さを叩く。科学者たるもの、早急に問題の答えを見つけ、未来を見越して行動できなければならないのだ。あたかも、感染症が規則正しく動き、予測も制御も可能であるかのように！　そして、ウイルスの広がりを止められなかった場合に矢面に立たされるのは、自分とマーガレットだ。ステファンにはそれがよくわかっていた。今回もいずれは責任を取らされる。だとしても、やすやすとパンチングボールにされるつもりはなかった。

少しでも損害を食い止めたくて、ステファンは衝動的にカッサードに電話をかけた。相手はいずれこの事態をつかむ。下手をすればあと数時間、うまくいって二、三日の問題でしかない。人間がウイルスに感染したという報道を止めるためなら、ステファンは悪魔に魂を売る用意があった。

カッサードはすぐに電話に出た。待っていたのか、まったく驚いた様子がない。

「これはこれは、ゴードンさん、調子はいかがですか？」

「探りあいはやめよう。私が電話をした理由はわかっているはずだ……」

「記事はお気に召さなかったかな？　あなたにとって、今一番ホットなテーマのはずなんだが」

「なぜ私に回答の権利をよこさなかった？　いつもは与えているじゃないか。ましてや、これほど敏感なケースなら、与えるべきだろう？　関係者に取材して、説明を許可する――私が間違っているか？」

「先に私を追い詰めたのは、あなたのほうだ」カッサードがちゃかすように言う。

「記憶違いをしているようだな。私が教えてやったんだろう？　我々は、南アフリカで奇形を引き起こす疾病と闘っていると」

「それだけじゃないですか」

「どういうことだ、それだけとは」

「私をばかにしているんですか？　先史時代の種が再出現したことは？　農作物に被害が出る恐れがあることは？　ずいぶんとたくさんのことを隠してくれましたね」

「私の立場になればわかる。私はウイルスの広がりを食い止めようとした。どれほどの危険性があるかについては、何の確信もなかった。私の優先事項は集団ヒステリーを発症させないことだ。神経質にならないでくれ」

「神経質、か……笑わせる言葉だ。実はね、私は今、ヨハネスブルグの空港にいるんですよ、ゴードンさん」

「南アフリカにいるのか？」

ステファンは衝撃を隠せず、怒りのあまり唇を噛んだ。そして、これ以上出しぬかれないように、すぐに誠実になることを選んだ。むろん制限つきの誠実だが。

「一からやり直さないか、アクセル」

「はたしてそうするべきだろうか、ステファン」

「きみがすべての情報を手にしているなら、今が〝先史時代の体験ツアー〟に参加すべき時じゃないことはわかっているな？　特に、南アフリカはやめたほうがいい」

「代わりに行くならどこですか？　取り引きします？」

「ああ。私の情報と引きかえに、きみの全面的な協力を保証してくれ」

「私の全面的な協力ですか？　そういう暗号めいた言い方はよしてください、ゴードンさん」

「ウイルスはヒト種のバリアを越えたよ。人間が感染したんだ。それでいいか？」

ステファンの言葉は確実に効果を発揮した。しばらくの間、恐ろしいほどの静寂が続く。やがて、同じ人物のものとは思えないまったく違う声でカッサードが尋ねてきた。

「感染者を確保しているんですか？」

「ウイルスが変化することはわかっていたが、どうにか阻止できると考えていた。だが、知らせが来たんだ。ヒト型株が、すでにある人間のところで育っていた、と」

「それで……どういうものになったんですか?」

「顔はホモ属のものだ。ただし、数十万年前の顔だよ」

「アンナ・ムニエはその人物に会ったんですか?」

「実際に診断したのは彼女だ」

「それで……」

カッサードは言葉を失っていた。

「……今どこにいるんです?」

「きみにあかすことはできない」

「いつ感染したんですか?」

ステファンはバーを出てECDCの本部に向かった。回答はそらす方向で決めた。

「確定は難しい」

「ほかに感染しますか?」

「それを知るために、テストを行っている」

半分は嘘だった。結果はすでにわかっていたのだ。ウィレムスの血液サンプルは、ベルリンにあるレベル4の実験施設、ロベルト・コッホ研究所に送られた。これほど有害な病原体を、もはやキャシー・クラップひとりに押しつけておくわけにはいかない。ヒトへの感染が判明したことで、〈クルーガー・ウイルス〉による感染症はセンセーショナルに、エボラ熱やマーブルグ熱に匹敵する凶悪な疾病の仲間入りを果した。

　やがて研究所の生物学者たちが、ウィレムスの血液から高濃度のウイルス粒子を発見した。つまり、〈クルーガー・ウイルス〉のヒト型株は、血液感染することが判明したのである。ヒトからヒトへ感染するかどうかはまだ明らかになっていない。これは、鳥インフルエンザと比べてみるとわかりやすいかもしれない。鳥インフルエンザは、ヒトが感染すると死にいたるケースが多いが、基本的にはトリからヒトのみで、ヒトからヒトへの持続的な感染は確認されていない。〈クルーガー・ウイルス〉にこのモデルは適用されるだろうか？　現段階で口にするのは時期尚早だろう。確定までは、最大限慎重に動くべきだ。

「病人はどこに収容されていますか？」カッサードが再び尋ねる。

　ステファンは躊躇した。爆弾を放った以上、しばらく信用してもらわなければ困る。ある種の義理を感じてくれたら、カッサードも契約を守る気になるかもしれない。

「書類と写真はすべて送ろう。だが条件が――」

「あなたが対応策を考えている間は情報を開示しないこと、ですね？」

「よくわかっているようだ。記事にする前に数日欲しい。ニュースは世界中を駆け巡るだろう。我々がどこまで準備できるかで、パニックを抑えられるかどうかが決まる。このウイルスは前代未聞の代物だ。私のチームと医師団は静かな環境で動きたい。何かが公になる前に、戦略を立てておきたいんだ。この条件を守ると約束できるか？」

カッサードは黙った。再び口を開いた時、彼の声は冷ややかで毅然としていた。

「記事は明日公表するつもりでした。三日待ってもいいが、私のほうでもふたつ要求があります。ひとつ目、言うまでもないが、私の取材に口を出さないこと。ふたつ目、感染者が今日の段階でひとりしかいないと保証できること」

「約束する」

「書類は今晩中に送ってください」

「わかった。このあとすぐ会議があるので、それが終わり次第送ろう」

五

ニューカレドニアの首都ヌメアには、フランス軍の空軍基地がある。その日、当直にあたっていた将校は、規定に従い衛星画像を確認していた。彼は任務について一時間もしないうちに、気にかかるものを発見した。凍てつく南の海上で、第二勇新丸という捕鯨調査船が、難破船のような動きを見せている。本来なら、南極で仲間の船団に合流するべきところを、どうやら引き返してきたらしく、それ以来ずっと同じ海域で漂いつづけているのだ。

調べてみると、この第二勇新丸は、トラブルに見舞われていたことが判明した。八月十二日、近海域を航行していたフランスの潜水支援母艦アタラント号が、第二勇新丸の船長からメッセージを受けとった。見たこともない海の哺乳類が乗組員たちを襲い、ひとりが怪我をしたという。ただし、重症ではないとのことだった。問題はそのあとだ。アタラント号やほかの船がここ数日ひっきりなしに呼びかけているのに、第二勇新丸から応答がないらしい。

知らせを受けた空軍長官は即座に決断し、兵士八名と医師二名を乗せたヘリコプターを第二勇新丸のいる真東の方角に飛びたたせた。

最初に疑われたのは、極めて感染力の高い疫病にかかったという可能性だ。そうすれば、会話が成立しなくなったことも説明がつく。もうひとつの可能性——つまり環境保護団体による攻撃を受けていた場合は、対応が難しくなるが、深刻度は一段階下がる。ただ、救助の指揮を命じられたフォルジュ少佐は、これはあり得ないと考えている。捕鯨調査船とエコロジストの衝突は、たいてい、もう少し南方の南極大陸近辺で勃発するからだ。

ヘリコプターが淀んだ空気を割って前に進む。眼下では、べた凪の海面がギラギラと太陽光を反射している。やがて、日よけのシールド越しに、パイロットが水平線に浮かぶ船のシルエットを確認した。彼はすぐにそれを少佐に伝えてから、大きく旋回して、船体に刻まれた船の名前に目を走らせる。間違いない、第二勇新丸だ。外から見る限り、甲板は無人で、操舵室にも人影が見えない。

慌ただしく降下の準備が始まった。一段階、機内の緊張が高まる。ふたりの将校が先頭に立ち、三番目と四番目の位置に医師が並んだ。疫病の場合は生存者がいることも考えられる。

「少佐、こちらも準備が整いました」パイロットが告げる。

捕鯨砲を真下に見る位置で、ヘリコプターがホバリングを始めた。突入隊がふたり組みになって次々と飛びだし、あっという間にロープを滑り下りる。一行は甲板にひざをついた状態で待機し、それから後甲板に続く階段を下った。

フォルジュ少佐はサブマシンガンを抱えて娯楽室に入った。突然、獣のような臭いが鼻をつく。クジラの肉、あるいは死体が腐敗しているのかもしれない。これらの可能性を念頭に、少佐は監視の目を強めた。二十年のキャリアがあれば、今さら死者の顔に怯えることなどなかった。

室内はテレビがつけっぱなしになっていて、ポーカーの試合が行われている。だが、見ている者は誰もいない。ちぎれた服が、擦り切れた赤いソファの上に散らばっていた。

廊下を進むにつれ、不快な臭いが強まってくる。兵士たちが死体の山を探し、すべてのキャビンをひとつずつ調べてまわっているが、まだ何も見つからない。

調理室の前まで来た。扉を開けると悪臭が喉を襲い、兵士たちは思わず息を止めた。不思議なことに、腐敗臭は感じない。

奥には食品庫があり、一メートル以上の高さがある両開きの扉が半開きになっていて、そこから咀嚼《そしゃく》音が聞こえてくる。アドレナリンが吹きだすのを感じながら、少佐は身振りで扉近くに兵士たちを配置し、自分はその正面に立った。取っ手をつかみ、一気に開く。

その直後、自分の中の常識が崩壊した。こんな光景は想像すらしていなかった。ゾンビ映画か、あるいは、動物同士の殺戮か……。

地べたに座った十頭ほどの生き物（獣に似た人間、あるいは人間に似た獣——どちらの言い方がふさわしいのか、少佐にはわからなかった）がステンレス製の棚の前で、手につかんだ食べ物を、口に——唇のない窪んだ口に放り込んでいた。服は着ておらず、毛深くてくすんだ肌があらわになっている。顔は、目の上に骨のひさしができているせいで、眉弓が盛り上がって見えた。しかも、どうしたわけか顎がない。彼らを見ているだけで、少佐は背筋が凍る思いがした。

（こいつらはいったい何なんだ！　サルか？　猿人なのか？）

サブマシンガンを向けてはみるものの、相手の正体がわからない。いや、実際のところはもうわかっていた。洋服の残骸が、身体に貼りついたままだったから……。彼らは兵士たちを気にも留めず、棚をあさり、ひたすら食料をむさぼっている。フォルジュ少佐はゆっくり扉を閉めた。下手なことをして理不尽な怒りを買うつもりは一切なかった。

兵士のひとりが恐怖に駆られ、かすれ声で尋ねる。

「くそっ、少佐、あれは何なんですか？」

自分がどれほど悲しんでいるかを悟られないよう、フォルジュは冷たく答えた。

「乗組員だろうね」

六

「ゴードン、きみには失望したぞ。この〈洞窟のウイルス〉を、我々はなぜ雑誌で知らされるはめになった？」

ＥＣＤＣ所長のマーク・ベッカーが、会議室のテーブルに載っていた『サイエンス＆ネイチャー』をステファンに向かって派手に投げつけた。雑誌はカーリングのストーンのように滑ってステファンの目の前で止まったが、彼はそれに目もくれない。ベッカーは期待していた反応が返ってこないことに憤慨したらしく、腕を広げて両隣の出席者を仲間に引きいれた。ステファンにはそれが、あまりにあからさまに思えた。

（もう責任の押しつけあいが始まったのか……。三人とも、立派な肩書のない私を生贄にして、自分たちは逃げる魂胆なんだろう。これは血みどろの闘いになりそうだな……）

会議室にはステファンを含む四人が集まった。ＦＡＯ所長のパブロ・アグアスは、ビデオ会議システムを使ってイタリアからリモート参加している。ステファンは内心の葛藤を隠し、落ち着きはらっているふりをした。

「私にはどうすることもできない。それはあなたもよくご存じのはずだ。〈クルーガー・

ウイルス〉は、存在がわかってから三週間もたっていないんだ。WHOだって、ようやくその影響を計りはじめたところなのに」

「すぐに知らせてくれたらよかったじゃないか!」ベッカーが言う。「なぜ我々をのけ者にした? 私はECDCを代表して話しているが、問題はヨーロッパだけにとどまらない。CDCも同じ考えだろう、アーサー?」

CDC所長のアーサー・マコーミックが、眉をひそめることで彼に同調した。ステファンは反論した。

「あなたの気持ちは理解できる。確かに、もう少し早く動ける可能性はあった。ただ、考えていただきたい。すぐに知らせなかったのは、すべてが仮定の段階であり、結論が出ていなかったからだ。今こうして話している瞬間も、まだ、ウイルスに汚染された地域は確定できていない」

「ヒトが感染したのはいつわかった?」ベッカーが無愛想に尋ねた。「我々がここに呼ばれたからには、それについて話しあうんだろ?」

「その通り。感染の発覚は、ほんの数日前だ」

「感染者の容体は?」

「まず、患者の名前を伝えておこう。ペトルス=ジャコバス・ウィレムス。体力は回復した。苦境を切りぬけるにはもう少しかかるだろう」

「苦境を切りぬけたとしても、完治ではないということか？」マーク・アントネッティが冷笑を浮かべて言った。

ベッカーとの会話に割り込んできたこのアントネッティは、かつてはステファンの友人であり、出席者の中でステファンをよく知る唯一の男だった。現在はフランス軍の軍医総監であり、ＥＣＤＣに所属している。できれば顔を合わせたくなかったが、ステファンは彼がここに来たことに驚かなかった。ふたりは二〇〇三年にチャドで会ったのを最後に、口をきいていない。当時はふたりとも軍医だった。彼の地で三人の兵士がウイルス性の熱を発症して亡くなり、アントネッティはおそらく自分の身を守るために、血液検査の指示を出すタイミングが遅すぎたと言ってステファンに責任をなすりつけた。それ以来ふたりの間に会話はない。

アントネッティの挑発に乗らないよう、ステファンは淡々と返事をした。

「反証が出るまでは、人間の場合も、ウイルスに感染した動物と同じ症状が出ると考えたい。つまり、昏睡状態に陥ったあと、皮膚の病状がおさまり、最終的には健康を取り戻す。ただし、代謝はリプログラミングされるということだ」

このタイミングを利用して、ステファンは感染者の写真を入れた書類フォルダを回した。

「どんな薬を投与した？」またアントネッティが尋ねる。

「薬は何も与えてない。水分と栄養剤のみだ。今のところ問題行動もないので、医師団は鎮静剤が不要だと判断している。彼らは、その……自然な姿を観察したいようだ」

「医師団は彼をサルとして扱っているのか？」

「そうだと思う」

「今後の対策を記したプロトコールは渡したのか？」

「いや。さっきも言ったが、現状では体力を回復させなければならない」

言い返されて、アントネッティの顔がこわばる。

「では攻撃的になり、例えば噛むことで誰かを感染させた場合はどうする？　ウイルスは血液感染するんだろう？　だったらその可能性は考えてみたのか？　やはり、彼は隔離されるべきだ！」

「もちろん、すでに隔離されている。きみは何がしたい？　独房に入れろと言うのか？だが、今のところはまだ、〈クルーガー・ウイルス〉がヒトの脳を攻撃して行動に影響を与えるのか、まったくわかっていないんだぞ」

「そうかもしれないが、医療関係者に非常に重いリスクを負わせているじゃないか」

休戦は長くは続かなかった。ついにアントネッティが反撃を開始したのだ。手遅れになる前に彼を止めるべきだろう。ここはかつてのもめごとに決着をつける場ではない。ステファンは暗に、脅しに屈するつもりはないと警告する意味で、アントネッティにファーストネームで話しかけた。

「そんなことはないぞ、マーク。確かに〈クルーガー・ウイルス〉は、分泌物と血液によって感染する。しかし、私だって、エボラ熱が猛威を振るう場所で、多くの手術を行ってきたんだ。その経験を振り返れば、医療関係者を怯えさせたり、彼らに無理やり何かを押しつけたりする必要はないことを保証したい。全員が、注意事項と指示を周知徹底されている上、患者と接触のある看護師は、これまで以上に慎重に行動しなければならないとわかっている。個々人が予防策に従い、落ち着いて行動すれば、すべてうまくいくだろう。今のところは、ほかに火の手が上がっていないようだし、ヒトの感染者はこのままペトルス＝ジャコバス・ウィレムスひとりでおさまってくれそうだ」

アントネッティは薄ら笑いを浮かべ、話が終わるのをじっと待っている。ステファンは胸騒ぎを覚えたが、どれほどの爆弾が用意されているかまではわからなかった。

「実のところ、患者はウィレムスひとりではない」

即座にマコーミックがアントネッティに反応する。

「本当なのか？」

軍医総監であるアントネッティは、一番に情報を知る立場にあった。この日の早朝、彼は携帯電話で〈重要度：高〉のメールを受けとっていた。

「フランス軍が、ニューカレドニア沖で遭難した日本の捕鯨調査船を立ち入り検査した。船が無線に応答しなかったからだ。中に入ると、乗組員全員が〈クルーガー・ウイルス〉に感染していた。食品庫で十人、船長のキャビンで八人が見つかっている」

ステファンは三十トンのローラーに踏みつぶされたも同然の気分だった。

「彼らはどうなっていた？」

「書類にある写真を信用していいなら、このウィレムスとほぼ一致している」

「何ということだ……」

「おまえがかたくなに情報を隠していたせいで、どうなったかわかるか？」

「何が言いたい？」

「フェーズ4、少なくともフェーズ3のアラートを出していたら、彼らはおそらく完全な健康体のままでいられたんだ。WHOの職員にはなりたくないものだ。乗組員の家族に、こんなニュースを伝えねばならないなんて」

「マーク、わかっているだろう。フェーズ4のアラートは、ヒトからヒトへの感染が確定している場合に限ると！　それも、市中レベルのアウトブレイクを見越してのことだ。

フェーズ3だって、多くのヒト感染が認められていなければならない。〈クルーガー・ウイルス〉はそこまで行っていないじゃないか！　誰にも予想できなかったことだ、誰にも！」

「そうやって手をこまねいているうちに、状況は刻々と悪化したんだ。私は個人的に、この責任はおまえにあると考える」

「こんな時ほど慎重に動くべきだろう？　焦ってもろくなことにならない。それに、私にもわからないんだよ！　ウィレムスはわずか五日前に、自宅で意識を失った状態で発見されたんだ。いったいどうやったら、彼が〈クルーガー・ウイルス〉の伝播に直接的な役割を果たすことができた？　きみは、いつ、どのようにしてあの日本人たちが感染したか、わかるのか？」

「軍医によると、ウイルス感染した動物に嚙まれたらしい」

「そのウイルスはヒト型株なのか？」

「あり得るだろう。数週間前に、乗組員のひとりが見たこともない海の哺乳類に嚙まれたことだけは確かだ。その時の様子が動画に撮られ、ネットに上がっている」

ベッカーがふたりの応酬に入ってきた。

「嚙んだのは退化した生き物なのか？」

「キツネに似て長い尾があるらしい。あるネットユーザーは、大昔にいたクジラの祖先だと言っている。パキケトゥスだと……」アントネッティが答える。

これらの新たなデータを分析し、ステファンはすぐに問題点をはじきだした。

「ロベルト・コッホ研究所によると、クルーガー国立公園にはヒト型株を持つ哺乳類が一匹もいないということだ」

「何が言いたい？」

「感染は、きみのそのパキケトゥスから始まったわけではなさそうだ」

「だったらどうなんだ。いずれにせよ、南アフリカで発生した感染症は、地球の反対側にある太平洋まで到達してしまったんだよ」アントネッティが言った。

ＦＡＯのパブロ・アグアスは、ローマのオフィスで会議を静観していた。わざわざストックホルムに移動して、この未曽有の事態に対峙する気にはなれなかったのだ。しかし、画面の向こうから聞こえてくる言葉に不安をあおられ、彼はついに叫んだ。

「諸君、事態はすでにきみたちの想像を超えているぞ！」

「何が言いたい？」ベッカーが画面に向かって詰めよる。

「〈クルーガー・ウイルス〉は植物界にも感染が広がったんだ。我々が得たデータによると、ウイルスは南アフリカの国境を越えたようだ。我々は伝播の勢いを憂慮している」

「もっと詳しく聞かせてくれ」

「すでに、今後の収穫に影響が出ることはわかった。現段階では、我々の指示で、汚染された耕作地を焼きはらった。だが、本来は農民自身がウイルスを警戒し、感染を食い止めねばならない。とりあえず今は、ベクターの数を減らすために、計画的に殺虫剤を使用するよう提言した。もちろん、環境には壊滅的な影響が出るだろうが、もはやそれはしかたがないだろう。南アフリカ政府は提言を受け入れ、バッタを大々的に駆除するという名目で、農業組合の許可すら求めず殺虫剤の散布を始めた。もっとも、これが成功したところで、収穫量は著しく減少するんだ。失敗すれば……」

アグアスは言葉に詰まりつつも、まだ終わっていないとばかりに手を上げた。

「ステファン・ゴードンを攻撃しても意味はない。彼であろうと、誰であろうと、〈クルーガー・ウイルス〉がこれほど素早く伝播することは想像できなかった。我々は、これまで経験したことのない事態に直面している」

攻撃を妨害されたことに腹を立て、アントネッティがごねた。

「WHOはすみやかにヒト型株のベクターをつきとめるべきだ」

その時、発言にかぶるように、建物の外から激しい物音が聞こえてきた。

「何が起こった?」アグアスが怯えた声で言った。

屋外で、サックスの音色のような、ハスキーボイスの鳴き声が響く。ステファンは廊下に飛びだし、ほかの三人もそれに続いた。窓越しに影が通りすぎる。階段を駆け下りて外のポーチに出ると、職員たちが建物横の芝生で輪をつくり、何かを囲んでいた。芝生の上には突飛な形状のトリがいた。実在するどのトリにも似ておらず、真っ白な翼の下から、四十センチほどの長さの骨ばった尾がのびている。翼の先端は灰色で、頭はメタリック・ブルーだ。

「見ろ、あっちにもいる！」ようやく追いついたベッカーが、息もたえだえに叫ぶ。

トリの群れが建物を越えて、ステファンたちの真上で旋回する。すると、芝生の上にいた個体が仲間のハスキーボイスにこたえ、翼をばたつかせて飛びたった。

群れはそのまま、近くにある小さな湖の上空に行き、また旋回を始めた。中の一羽が飛行をやめて、カワセミのように急降下する。湖に激突する寸前で、尾を使って軌道を九十度立て直し、水面から数センチのところで超低空飛行を見せた。鉤爪にとらえられた魚がキラキラと光っている。

奇妙なそのトリ……アーケオプテリクスは、ベンチに移動して、捕ったばかりの獲物を食らいはじめた。

インターネット上

インターネット上の投稿サイトでは先史時代の生き物の情報が錯綜し、パニックが世界中を席巻しつつあることは明らかだ。地球上のあらゆる場所から、太古の動物が出現したという報告が上がっていたのだ。

その中でもっともアクセス数が多かったのが〈海のキツネ〉の動画で、その次によく見られている動画のひとつが、インドのカルカッタを舞台に、太古の形状を持つウシが生まれる瞬間を撮影したものだった。映像は、バイクとオート三輪であふれる幹線道路に、どこからか、重い腹を抱えた牝牛が現れ、渋滞を引き起こす場面から始まる。撮影したのはオランダ人の旅行者だった。動画を撮りなれていないらしく、画面が小刻みに震えているが、車の間をすり抜けながら道を歩く牝牛が、力尽きてアスファルトの上に横たわる姿が確認できる。

インド人は聖なる動物を無理矢理移動させることができないため、車は速度を落とし、やがて完全に止まってしまう。オランダ人旅行者は、インド人が落ち着いていることに驚いているようだ。クラクションも鳴らさず急かす声もなく、大半の運転手は諦めたように、あるいはトラブルを楽しんでいるかのように、牛が動くのを辛抱強く待っている。それでも、何人かは牝牛を歩道に誘導しようとしていたが、出産が始まったのを見て諦めてしまった。やがて、カメラが母胎から出てきた鼻づらをとらえ、あたりに牝牛の咆哮が響きわる。と、その苦しみの声が消えた。

オランダ人はいったん撮影を中断し、やがて切り替わった画面では、生まれた子牛を囲むように、車が円を描いて止まっているのが見えた。内側に五十人ほどのインド人がいて、びっくりするほど大きな子牛を前にひれ伏している。子牛の肩幅は一メートル四十センチほどだったという。これは通常の大きさの倍はある。子牛を腹から出すには緊急の帝王切開が必要だったらしく、母牛は少し離れたところに白い布で包まれた状態で横たわっていた。

大きさ以外にも、子牛にはふたつの特徴があった。まず、母牛の皮膚は明るいベージュなのに、子牛はこげ茶色だった。ふたつ目は、空に向かって二本の長い角が伸びていることだった。

この映像の関連動画として、カルカッタ大学の動物行動学者に行ったインタビューが紐づけされていた。その学者によると、子牛は三千年前に生息していたオーロックスに似ているようだ。オーロックスは、気候、乱獲、家畜化という複合的な理由によって絶滅したのだという。学者はインタビューを誇らしげなセリフで締めくくった。

「我々インド人は、恵みの乳を惜しげなく与える牛を、母なる文明のシンボルとして崇拝しています。この子牛の誕生は、我が国の新たな時代の幕開けと解釈されるでしょう。信じる者は、遺伝がもたらすこうした偶然の産物にも、意味を与えるものなのです」

投稿サイト

OMG！　先史時代の動物を産む牝牛に超びっくりだぜ。まさにホラー映画だね。早く狩猟を解禁してくれ！

三時間前　コアラマスター

俺は何と言った？

二時間前　セイヴザプラネット

このかわいすぎる子牛ちゃんがどうなったか、誰か知ってる？

二時間前　ミスピンク
粉ミルクの輸送トラックにひき殺されたらしいぜ。
二時間前　コアラマスター
おもしろすぎだよ、コアラマスター(>_<)
二時間前　ミスピンク
なあ、ほんとに何か起こっているようだぞ！　グーグルニュースで〈先史時代の動物〉を検索してみろ。びっくりするから。
一時間前　マルモット19
うわ、凄い！
一時間前　ミスピンク
だから、いったい誰が予言していた？　最初はパキケトゥス、今回はオーロックス、次

は何だ？　(^_-)☆

一時間前　セイヴザプラネット

たいしたもんだ、セイヴザプラネット。ほめてやりたいが暇がない。空に猛獣が飛んでいるからな。誰かアーケオプテリクスを撃ち落としてみないか。

三十分前　コアラマスター

ふざけるな！　おまえには撃ち落とせるのか？

二十八分前　セイヴザプラネット

おう、やってやるぜ！　先史時代の動物を撃ち落とせる機会なんてないからな。

二十六分前　コアラマスター

野蛮だぞ、コアラ。伝説の生き物が現れているのに、おまえは銃で狙うことしか頭にない。本気か？

二十四分前　セイヴザプラネット

そう言うおまえはエコロジスト気取りの荒らし屋じゃねえか。あとはみんなで勝手にやってろ、チャオ！

二十分前　コアラマスター

ネットユーザーの〈マルモット19〉が改めてグーグルで検索すると、〈先史時代の動物〉でヒットした検索結果は八十万件にのぼった。時刻はこの時、グリニッジ標準時で九時三十分だった。

十二時十五分、検索結果は百万件になった。

十七時、九千九百万件になった。

七

ステファンの家は、スイスのヴォー州に位置する小さな谷の中央にある。ジュネーヴからは車で四十五分ほどの距離で、いったんフランス側にあるジュラ山脈の支脈を登ってから、モミの木々に囲まれた山道に入らなければならない。その先に、山道から隠れるようにして、シャレーと呼ばれる山小屋風の家が建っている。ウイルスハンターの生活を諦めると決めた時、彼は娘のローリンの幸福を第一に考えて、この静かな環境で暮らすことを選んだ。

天気がよければ、シャレーのテラスから、モン・ブランの中腹にある純白のグーテ小屋が見える。ステファンは、帰宅してしばらくの時間をこのテラスで過ごすので、家政婦のエヴァは仕事が終わるとここに顔を出し、その日の報告を行う。ステファンは山を眺めるのが好きだった。これほどの大パノラマを前にすると、ものごとがちっぽけに見えて、気持ちがおだやかになる。少なくとも、今まではそうだった……。だが、〈クルーガー・ウイルス〉がヒトに感染したとわかってから、彼は感情のコントロールができなくなっていた。

この夜も、今までの経緯を延々と振り返りながら、自分が犯したミスを探して空回りするばかりだった。そう、あれは誰にも予見できなかった……アグアスですらそう言っていたではないか！　日本人の乗組員たちが感染したことで、ステファンの希望は打ちくだかれた。〈クルーガー・ウイルス〉のヒト型株には、動物と同様の病原性があったのだ。

この結果を受けて唯一よかったと言える点は、科学界はもちろん、ウイルス阻止のために活動する各機関が奮起したことだ。それらの機関に対し、詳細や今後の対策、指示を求める声が各所から上がったことは、信頼されている証ではないか。だが、そのいっぽうで、そのほとんどがこの感染症と向きあってからまだ間もないことは、理解されそうにない。

今はまだ、いずれの機関も、今後の展望を伝えることができないでいる。うまく対応できたところで、数千人が感染したのちにようやく抜本的対策が見つかって、パンデミックが抑制されるという道筋だろう。最悪のケースは、数十万人、いや数百万人が感染した上で、家畜や農作物にも飛び火し、いくつかの種が部分的に消滅してしまうことだ――その中には人間も含まれるかもしれない。これまで幾度となく予言されてきた黙示録とまでは行かないにしても、それに近い結果になるのだ。

テラスにエヴァが現れた。いつものレインコートをはおり、トートバックを持っている。報告を終え次第帰りたいからだと気づいて、ステファンはわずかな罪悪感を覚えた。騒動よりこのかた、彼女は文句も言わずに残業を受け入れてくれている。二晩続けて泊まったことすらあった。

「エヴァ、本当に申し訳ない。私はきみをいいようにこき使っている」

「とんでもありません。いずれにせよ、帰りを待つ人などいませんからね。ご希望の通りに働けますよ」

「残念ながら、またきみの手を借りなければならない。このあとのテレビニュースで事態の悪化が公になるはずだ」

「おまかせください」

「ありがとう、エヴァ。きみがいなければ私は――」

「わたしがいなくたって、あなたは素晴らしいパパですよ。そうだ、夕食にズッキーニのグラタンとサラダを用意しました。ドレッシングをかけて召しあがってくださいね」

「素晴らしい！　きみは――」

「ええ、わたしは妖精ですもの」

　エヴァが小さく手を振り、ステファンの目に光るものに気づかないふりをして出ていった。彼女を見送りながら、彼は自分に言い訳をした。

（ストレスのせいに違いない。ストレスと、大惨事になることを確信したせいだ……）

リビングに戻ると、ローリンが大きな窓に面したソファの端に座っていた。前髪を垂らし、流行りのバレーシューズとコンビのワンピース――装いだけなら、普通の十七歳の少女にしか見えない。だが、うつろな視線は彼女が普通ではないことを明白に示している。

彼女は退屈しているが、だからといって、何かをすることもない。ステファンは娘のそばにひざをつき、注意を引こうとした。

「やあ、お嬢さん、今日の調子はどう？」

ＭＲＩで調べても、神経系の問題はまったく見つからなかった。結局、無気力状態が続いているのは重い鬱のせいだったのだ。母親を亡くした娘がこの暗い穴に落ちてから、間もなく十年になる。目を覚ましてほしい、生きてほしいと願って十年がたったのだ。

「悪いが、キッチンでちょっとつまんでくるよ。昼に何も食べてないんだ。おまえも夕食前に何か欲しいかい？」

父親をまったく見ることなく、ローリンがうなずく。ステファンは、先日勧められたサヴォア県の催眠療法士を試してみようかと思った。せめて、あとひとりだけでも……。

キッチンで白ワインを飲むうちに、頭の中はまた〈クルーガー・ウイルス〉にとらわれていた。ウィレムスが野生動物の密売にかかわっていたのは確かだが、はたして彼ひとりの悪行だけでアウトブレイクするものだろうか？　南アフリカにいるルーカスが、彼の自宅兼倉庫を調べた際に、ここ二カ月の発送記録を発見していた。四匹のヨウムが南米へ、インコのつがいが中東に送られたというが……。

その時、いきなりギターリフが鳴った。ステファンは、しばらく前からこの着信音が大嫌いになっていた。

（いっそのこと、クリスマスソングか、アンデスのパンフルートにでも替えてしまおうか。それなら、かけてきた相手に本気で八つ当たりができる！）

嫌な予感がしたが、しかたなく通話ボタンを押した。すぐにガブリエラの歌うような声が聞こえてほっとする。ただ、それはほんの一瞬だった。

「韓国の釜山港で新たな感染者が見つかりました。また船の乗組員です。貨物船に勤務していて、場所は――」

「勘弁してくれ！」

「その人物は足を刺されたと言っていたそうです。そして夜には高熱を出し、昏睡状態に陥りました。数時間のうちに皮膚が紫のあざで覆われ、血だらけになりました。三十六時間後に目を覚ました時には、大昔の状態に退化していたようです」

「誰が治療を行った？」

「地元の病院の医師です。彼らが自国政府に連絡し、そこからウチに知らせが来ました」

「できるだけ早急に、地元のＷＨＯ支部と連絡を取ってくれ。どんな動物に刺されたのか特定しなければならない」

「ドリアンがやっています」

「感染者は隔離されているか？」

「もちろん。今のところは待つしかできません」

「わかった。きみは帰宅したのか？」

「いいえ、今晩は当直です」

「ああ、そうだった。疲れすぎて混乱しているようだ」

「休まないとだめですよ、ステファン」

「わかっている。今夜のことはよろしく頼む」

「もちろんです。あなたも適当なところで終わらせて、今日は寝てくださいね」

「約束する」

　そう言って彼は電話を切った。危機管理室のメンバーは、順番に寝ずの番をすることになっている。それで安心できるわけではないが、不意打ちで超緊急事態を知らされるよりは、まだましに思えた。世界の反対側で有事が発生したり——釜山の感染者も含めて——感染者数が爆発的に増加したり、何が起こってもおかしくはない。

そろそろ時間が来たので、ステファンは、キッチンの棚に置いた小型テレビの電源を入れた。彼はたいていここでニュースを見る。ローリンを世界のニュースから――彼女自身、興味を持っていないにしても――遠ざけておきたかった。娘は恋愛ドラマか吸血鬼の映画にしか関心がない。どちらも結局はハリウッドスタイルだ。それでもステファンは、父親として、ジャーナリストが拡散に励むような悲劇的シナリオに心を痛めてほしくなかった。

ヒトへの感染を隠すことは不可能であり、政治的にも危険な行為だ。よってマーガレット・クリスティーは、WHOの事務局長である自分自身ですべてを掌握し、第一回の記者発表を行うことにした。その際に、この未知のウイルスをほかと区別するために〈クルーガー・ウイルス〉の名称を使うことも決めていた。ステファンは彼女が羨ましいとは思わなかった。両肩に圧しかかるプレッシャーは恐ろしいものがあるだろう。どんな理由があろうと、彼女の場所には立ちたくない。

夕方のニュースは、シリアの内戦や移民問題よりも優先され、マーガレットの記者発表から始まった。マイクの森に囲まれるようにして、彼女の深刻な顔が画面に現れる。いわゆるウイルスについての簡単な説明から入り、これまでの経緯を説明しながら退化現象についても触れていく。声は淡々として、物言いは簡潔だった。

「〈クルーガー・ウイルス〉は、まずいくつかの野生動物を襲い、イネ科モロコシ属とアカシアを感染させるうちに、著しい変異能力を獲得したと思われます。その結果、最悪の事態、つまりヒトへの感染を確認することとなりました。本日、残念ながら皆さんに、恐れていたことが現実になったことをお知らせしなければなりません。これまでに十九名が、このウイルスに感染しました」

出席者らはあっけにとられていた。一瞬、現実離れした完全な静寂があって、それからいっせいに怒濤の質問が飛ぶ。「ヒトと動物は感染によって同じ結果になるんですか？」「誰が感染したんですか？」「感染者の国籍は？」「どうやって感染したんですか？」「彼らの平均余命は？」「治癒の望みはありますか？」「感染者はどんな生き物に似ているんですか？」……。

マーガレットは吟味の上、最後の質問を選んだ。

「ウイルスは形態学的な変化を引き起こし、感染者に対して、祖先が持っていた身体的特徴を与えるのですが――」

スペインの特派員が強引に割り込む。

「具体的に言うと、どの種ですか？　ネアンデルタール人？　ホモ・サピエンス？」

「どうか、口出しは無用に願います！」

マーガレットはしばらく待機の姿勢を取った。画面からはほぼわからないだろうが、彼女をよく知っていれば、ためらっているのがわかる。

「感染した方々、そしてご家族の方々に配慮して、画像の公開はいたしません。ただ、小さくなった頭蓋骨と、顔に現れたいくつかの特徴、特に、非常に狭い額が我々の祖先を連想させる、とだけお伝えいたしましょう。しかしながら、わたくしは、〈クルーガー・ウイルス〉が何らかのヒト種をよみがえらせたと申し上げるつもりはありません。それは現状に対する不当な認識です。感染した方々がご自分の変化に苦しんでいらっしゃる。わたくしはその事実を重く受けとめさせていただきたい」

「彼らはどうやって感染したんですか？」

「個々の事例で異なりますが、最初に、ウイルスのヒト型株を保菌する動物に嚙まれたのではないかと考えております。その後に症状が現れたのではないか――このように推測されます。よって、現段階では、すべての国の方々にお願いをいたします。新しく現れた種とは距離を取ってください。〈クルーガー・ウイルス〉は分泌物と血液によって感染します。死骸であっても、近づいてはいけません。大勢の方々が、〝新種〟の生き物を近くで観察しておられるようですが、それらは非常に破壊的な、未知のウイルスを保有していることを忘れないでください」

続いて若い女性記者が質問した。

「ＷＨＯはワクチンの研究を始めていますか？」

「まず、感染した方々に行っている処置ですが、今朝も数種の抗ウイルス薬をテストしました。残念ながら、今の段階では症状に改善は見られません。血液サンプルは、世界を代表する三カ所の研究施設に送られています。いずれの施設も、非常に危険な病原菌に対する実績がありますから、そこでワクチン製造への手がかりが示されることを期待しています。とはいえ、冷静に考えて、時間がかかるでしょう。また、退化のバイオメカニズムに関しては、ほぼ解明されておりません。ただ、ゲノムに住まう〝沈黙遺伝子〟が目覚めたせいではないか、と推定しています」

　説明は始まったばかりだというのに、現場のジャーナリストには、すでに動揺が広まっている。科学出版物の関係者も大勢いるので、彼らは突然、とんでもないことが起こっていると気づいたようだ。

　だがマーガレットは、彼らのざわめきを手振りひとつで黙らせた。

「わたくしどもの目下の関心事は、感染症の媒介者、つまり「ベクター」の特定です。疾病が船舶で移動していることを鑑みて、海上関係を中心に探っております。これ以上ウイルスが伝播しないよう、各国政府には港湾都市の封鎖を要望しました。重大な経済的影響を引き起こしかねない極端な措置であることはわかっていますが、ウイルスの伝播を阻止するために払う犠牲とお考えください。責任者各位は、わたくしどもの要望に従ってくださるでしょう。ご協力に感謝いたします」

今聞かされたこと、正確には、〈クルーガー・ウイルス〉による感染症が別の次元に入り、それが周知の事実とされたことに、ステファンは打ちのめされた。彼はテレビを消し、携帯電話の電源を落とした。夕食の間は、電話にわずらわされたくなかったし、ローリンのためにもそうすべきだと思った。いや、自分はもうずっと以前から、娘をないがしろにしてきたのではないか。

（一時間だけだ、一時間たったら必ず戻る！）

ただし、ステファンが精いっぱいの努力をしたところで、ローリンからは、いつものようにひと言返ってくるだけだった。トーマスのTシャツコレクションの話をしても、ガブリエルが考えごとに気をとられて鞄を冷蔵庫に入れてしまった話をしても、彼女の反応はまったく変わらない。父親の部下の話はどうでもよくて、狼男の映画が見られることだけを喜んでいる。ステファンは皮肉な現状に打ちのめされた。トラウマを抱えた娘が、ばかげたおとぎ話に夢中になっている。現実の世界は、〈吸血〉よりもずっと悲惨な脅威に直面しているというのに……。

　二十一時頃、ローリンが『ビューティフル・クリーチャーズ』(訳注)を見はじめたところで、ステファンは電話の電源を入れた。留守番電話はいっぱいになっていた。科学者、病院の責任者、大臣補佐官……誰も彼もが自分の意見を聞きたがっている。アクセル・カッサードも二度かけてきたが、諦めてメッセージを残していた。日本人感染者の情報を教えなかったことで、彼と結んだ協定を破棄した自覚はあった。もっとも、守るつもりもなかった。あれは時間稼ぎのためにやったことだ。

　カッサードは怒りをこらえ、辛辣《しんらつ》に語っていた。

「ゴードンさん、あなたは自分の言ったことに責任を持つ方だと思っていた。私は完全に騙されたようだ。私も『サイエンス&ネイチャー』のウェブサイトに、南アフリカで取材したことをアップしましたよ。今後は、記事の発表を遅らせてくれと頼まれてもお断りだ。もうあなたのことは信用しません。何を隠そうと必ず暴き、躊躇なく公表することにしよう。それまでは、記事に添えたおかしな生き物の絵でも見ていてください」

訳注：不思議な能力を持つ少女を主人公とする恋愛ファンタジー映画。カミ・ガルシアとマーガレット・ストール作の同タイトル小説が原作。

八

八月二十四日、フランス大統領府であるエリゼ宮の中庭に、プライバシーガラス仕様の車が続々と入ってきた。車から降りてきた政府首脳の面々が一様にやつれていることから、集まった大勢の報道陣は事態の深刻さを理解した。だが、公にそれを口にする大臣は誰ひとりとしていない。これから、大統領による緊急対策会議が行われる。ヒトへの感染が明らかになったことで、国民はショックを受け、情報開示を求めるメディアからの圧力も強まっている。そうした状況を受けたこの会議は、クライシス・コミュニケーションはもとより、国民を安心させるため、また、わずかにつかんでいる情報を明確にするために開かれた。

互いの挨拶がすむや、まずは内務大臣から安堵の報告があった。各県の知事によるとパニックはまったく起こっておらず、ＳＮＳがいつもの通り騒いでいる程度で済んでいるようだ。少なくとも今のところは……。

「民衆は、メディアが書きつらねる大惨事のシナリオと距離を置いているようです。狂牛病騒動では、予測された事態には至らなかった。そのことを忘れていないのでしょう。それに、バカンスに出かけた連中はまだ海辺にいますから……」

大統領は周囲に緊張感をゆるめる素振りも見せず、ただうなずいた。目下の心配は経済的混乱であって、これによる損失をできる限り抑えていかねばならない。ウイルスはまだヨーロッパに上陸しておらず、うまくいけば、しばらくはこの状態を維持できると予測されている。ＷＨＯ事務局長の言葉は正しかった。港の閉鎖は、輸出入において大きな打撃となり、原材料も無駄になるが、やらなければそれ以上の深刻な事態になりかねない。

続いて、国防大臣が、軍医総監であるマーク・アントネッティを、今回の感染症に関係するあらゆる国際会議に参加させたいと申し出た。

「国連の機構に精通している経験豊かな人物です。ＷＨＯが何を画策しても彼なら対応できる」

司法省はこの機会に、危機的状況には国際管理が必要だと訴えた。法務大臣は、ほかの大臣たちよりも緊張している様子だった。

「世界各地で感染者が出ています。今後は国連が活動を統括し、将来的な計画を練り上げるべきです。我が国としては、詳報が入らなくなる事態は避けなければなりません。今現在は、まだ状況の把握が可能ですが、それも長くは続かないでしょう」

大統領は包括的なヴィジョンを求め、メモを取りつづけた。このあと、会議は過激な言葉の応酬となった。具体的には、保健衛生面や経済面から見たリスクの概算や、ウイルスの伝播を阻止するための緊急措置を求める声があがるいっぽうで、〈クルーガー・ウイルス〉に感染した患者をどう扱うべきかという哲学的な問いかけすらあった。

会議が終了し、詳細なコミュニケーション・プランを持って大臣らが部屋を出ていくと、大統領は数分だけ、ひとりでその場にとどまった。海軍本部から渡された、あの生き物……ミュ、ミ、ミ、ミュータントの写真がどうしても頭から離れない。深呼吸をして、アレが怪奇映像のワンシーンであってほしいと願った。実際、ウイルスがフランス国内に広がった場合にどうなってしまうのかは、想像すらできなかった。

九

ウィレムスを発見したあと、ルーカスは彼に付き添って収容先であるダーバンの軍病院に向かい、アンナは帰国の準備をするためにロッジに戻った。すると、待ちかねていたようにベランダからメアリーが現れ、アンナを質問攻めにした。ふたりは互いに尊敬しあっていたし、メアリーの口が堅いこともわかっていたが、アンナは不安を打ちあける気になれず、そそくさと会話を切り上げて自室にこもった。記者発表でマーガレット・クリスティーが言っていた「できれば港に行かないように」という言葉が頭を離れなかった。

このところの狂気じみた騒ぎにまぎれ、ヤンのことは考えずにすんでいた。外部との連絡を厳しく制限されたため、かえって頭を空っぽにすることができたのだ。だが、感染症が公表された今、彼と話をするべきだという思いがすべてをはねのけた。口論もすれ違いも、どうだってよかった。

ヤンの海洋調査が八月末までだとすると、アタラント号は補給のためにいったんヌメア港に戻ったはずだ。そこに新しい通達が届き、港の封鎖で停泊を余儀なくされたとしたら……。ヤンは飛行機に乗り、数日の内にパリに戻るだろう。アンナはそれを喜ぶべきだったが、嫌な予感がしてしかたがなかった。罪悪感が伝わってしまうだろうか？　あの夜、ルーカスと過ちを犯して以来、ヤンに対する不満はほぼ消えてなくなっていた。神聖不可避の愛を破ったことで、見えない重荷から解放されたのかもしれない。アンナは気持ちを落ち着かせ、今後について考えるために、メールボックスをチェックした。

その瞬間、神がウインクしたかのように、ヤンの名前が受信ボックスに現れた。心臓が止まりそうになり、アンナは急いでメッセージを開いた。

『アンナへ

今朝からみんな、娯楽室のテレビに張りついている。潜水調査は全部延期だ。まったく、とんでもない事態になってしまったな。だが、きみが全面的に正しかったんだよ！　俺のアンナ、世界できみだけが、こうなることを予測していたわけだ。俺の頭の中は大変なことになっている。きみはどうだ？　報われたことを喜びながらも、世界のこれからを心配しているんじゃないか？

電話もしたが、留守電でいっぱいだった。きっと、あちこちからひっぱりだこだろうな。ばかみたいだが、いろいろあったおかげで考え直すことができたよ。俺はエゴイストだった。長くなるいっぽうの別れに耐えられなかったんだ。会うたびに、長くなっただろ？　ついには、一緒に過ごした日数を数えて、未来まで台無しにしてしまった。特に前回の旅行だな、四カ月ほど前のあれはひどかった。そろそろ、きみをパリに戻そうという話になってないか？　今の様子なら戻れそうだな。

　こっちはいつ終わるかわからない。状況次第だろう。そういえば、潜水調査艇に乗って海面に戻る途中に、ルーシーと一緒に先史時代の生き物を見た気がする。頭が犬のオオカワウソみたいだった。あれが何か、きみならわかるだろ？

糞ったれの〈クルーガー・ウイルス〉のおかげで、きみが俺から離れ、化石調査にのめり込んでいたあの二年間が報われた気がするよ。この先どうなるかわからないが、これだけは言わせてくれ。とにかく会おう。あとのことはどうでもいい。離れていることも、喧嘩したことも、全部ほっておけばいい。

　愛している。

ヤン』

　アンナは気が動転したまますぐにキーボードを叩いた。

『愛しい人へ

あなたからの言葉でわたしがどれほど喜んだかわかる？　わたしもいろいろ後悔しているわ。いつも、別れがどれほどつらいか、あなたにちゃんと伝えていなかったもの。わたしはこれまで、この焦燥を、わたしを駆りたてる誰にも止められないこの気持ちを、どうやって説明したらいいかわからなかった。でもあなたが言う通りね、ほっておけばいいわ。

実は、もうすぐ家に戻るの。少し前にニューギニアを離れたわ。これ以上は言えないから、パリで全部話すわね。あなたが戻るのは九月の頭？　わたしは今月末に帰っているはず。会いたくてしかたない。ちゃんと話しあって、わだかまりを消しましょう。あなたとわたしがいればいい。過去はどうだっていいし、ふたりが一緒なら、不安なんて何もない。

A

追伸：あなたが見たのはたぶんパキケトゥスだわ。

追々伸：電話して。携帯はまた使えるようになったから』

アンナは受信ボックスを見つめたままじっと待った。五分、十分……。反応はない。ヤンは返信を読む前に席を離れてしまったのだろう。

残念だが、かえってよかったかもしれなかった。不適切な関係のせいで、会話が弾まないよりはいい。不適切な関係！　皮肉な言葉に、苦い思いがこみ上げる。耐え切れなくなって自分から暴露しない限り、ヤンとの関係は変わらないだろう。アンナはパソコンの電源を落として部屋を出た。ヤンの言葉――自分を満たしてくれた彼の愛に満ちたメールを読んだあとでは、ほかのメールは読めそうにない。

（本当にそういうことなのね。ヤンを取り戻したら、わたしは満たされる……）

月が銀の光を散らし、サバンナは超自然的な輝きにあふれていた。夜になると気温が下がるので、肌寒く、身体が震える。突然、ベランダの手すりにひじをついた状態で強い吐き気に襲われ、アンナは息が詰まった。眩暈がして目を閉じ、崩れるようにロッキングチェアに座る。手さぐりで、テーブルに乗っているはずの水差しを探した。何が起こったのだろう？　あの光景を思い出し、押しもどそうとした。ウィレムスの家の地下室、ヨウムの鉤爪、穴の開いたグローブから滴る血のしずく……。

あり得ない。感染の原因になるものは何もなかった。死後どれくらいたっていたかはわからないけど、ヨウムは干からびていた。第一、あれから一週間になるので、潜伏期間はとうに過ぎている。だとすれば、いったい何なのか？

アンナは不安でいっぱいのまま、管理棟に向かった。キッチンの窓から、メアリーとテンダイのいとこのサムの姿が見える。アンナも夕食の支度を手伝いにいこうとしたところで、ベランダでカイルに呼びとめられた。

「アンナ！〈四つ牙〉みたいな、人間の感染者が見つかったんだ！　ルーカスが見たって、おじいちゃんがママに言ってた！　アンナは？　アンナも一緒だった？　ここにいるのはぼくもう飽きちゃったよ。明日はアンナと一緒にいてもいい？　アンナなら、ママも許してくれるもん。九月の休みまでまだ一カ月あるのに、学校が閉鎖になったんだ。おじいちゃんはほとんどシェルターに行かなくなったし、どっちにしろぼくは行っちゃだめだって。〈四つ牙〉に会うのもだめだってさ！　でも会ってないんだよ、あの……ふたりを空港に迎えにいったあの日から！　ぼく、もう何もやっちゃだめだって！」

「カイル、そんなに一気に話さないで！　ママが気をつけなさいって言っているのは正しいのよ。あなたはもう大きいから、これが遊びじゃないってわかるわよね？」

カイルは渋々うなずいた。こうやって言い負かされるくらいなら、サバンナを歩かせろとか、ひとつに絞って交渉するべきだったと後悔した。一日の大半を家に閉じ込められていることにうんざりしているのは、アンナも同じだったから。

子供のしかめっ面を見て、アンナはからかうように微笑んだ。

「わたしから、ママも気に入る文句なしのアイデアを出しましょうか？」

「どういうヤツ？」

「公園からの外出禁止令はみんなに出ているから、みんなを家に呼ぶか、みんなの家に行くの。近くに住んでいる子はいるでしょ？」

「文句なしのアイデアって、それ？」

カイルは賢すぎてひっかからない。アンナはため息をついた。

「たいしたことないわね、認めるわ。わたしには休息が必要なのよ」

何と言い返すべきか推し量るように、カイルが肩をすくませ、横目でアンナを見た。

「ピーターとトーマスが近くに住んでるけど、トーマスはあんまり好きじゃない。それならサムの息子のシフォと遊ぶ。でも、ママは外に出るのはよくないと思ってるんだ。ネットサーフィンもできなくなったし、つまんない昔の映画を見るしかないね。ママが全部監視してるから！」

「あのね、ウイルスは真面目な話なの。みんなで犠牲を払わなきゃいけない。わかる？」

「うん」

今回は、カイルも罪悪感と後悔で顔を赤くした。

「アンナの言いたいことはわかる。ママは不安になってるから、大丈夫だよって言われても、助けてあげなきゃだめなんだ。アンナも同じだよ」

「わたし？」

「みんな怖がってる」

「そうね、ちょっとだけね。でも、恥ずかしいことじゃないわ。あなたはどう、カイル？

あなたはどんなふうに思っている？」

「よくわかんない。〈四つ牙〉は誰も襲ってないよ。みんなのほうが〈四つ牙〉を嫌ってるんだ。でも、そのうちうまくやっていけるようになるよね？　おじいちゃんは、自然をちゃんと見てたらわかるようになるって言ってる」

「あなたのおじいちゃんは賢い人ね」

アンナは一瞬ためらってから、続けた。

「本当のことを言うとね、わたしも不安だから、フランスに戻るべきだって考えてるわ」

カイルの顔がゆがみ、言い返しそうになっている。

「待って、まだ終わってない！　帰る前に、カイルの行きたいところに一緒に行きましょう。ふたりだけでサファリツアーをするの。ママも絶対許してくれるわ。その時に、わたしが知っていることを全部話してあげる。それならいい？」

「うん……」

最後は吹っ切れたような笑顔が見えた。世界を悩ませる悪いことに比べたら、自分の悩みは重くない。そう気づいたカイルは、半分慰められたような顔をしていた。

四章　反撃

一

その小規模な五階建ての病院は、ダーバンの港湾地区にある総合軍事施設の中央に建っていた。病院の扉を押す瞬間に、アンナは思わず身体が震えた。世界中に向けて出港する貨物船を見た時に感じた不安がフラッシュバックしたのだ。ここに停泊している船が〈クルーガー・ウイルス〉を運んでいたのかもしれないと思うと……。

自分とダニーのふたり分の許可証を得るには——ここまでダニーが連れてきてくれたので——ルーカスだけでは足りず、彼の上司であるステファンの口添えが必要だった。帰国の直前に、ここに来たいと言いだしたのはアンナだ。パリに戻ってまた研究生活に入る前に、どうしてもウィレムスの行動を観察したかった。もちろん、研究の助けになるだろうし、正直なところ、先史時代の人間をじっくり見たくてどうしようもなかったのだ。

（わたしはいつからこんなに自己中心的な女になったの？　あの人ではなく、自分がそうなる可能性は考えないの？　わたしが感染者だったら、って……）

ロビーの受付で待っていたルーカスが、ふたりを三階の隔離病棟に案内してくれた。ウィレムスの個室にはエアロック室と、監視用の大きな窓がついた鋼鉄製の扉が備えられていた。その扉の前に立ち、ルーカスはふたりにウィレムスの現在の様子を説明する。

「服を着せようとしても、僕らが背を向けたとたん引きちぎってしまうんです」

「意思の疎通はできますか？」アンナは尋ねた。

「いいや、現地の言葉も、英語も理解できない。ほかにも多くの言語でテストしたが、現代の言語の音素を知覚しないようだ。今のところは、何を試しても失敗している。ただ、飢餓状態のまま地下室で死にかけたことと、あそこにひとりでいたことが、この後退の一因になっているかもしれない」

「以前の生活については覚えていますか？」

「覚えていないと思う。自宅の写真を見せたが、反応はまったくなかった」

ダニーが監視用の窓に近づき、ホモ属の生き物を見てびっくりした様子で訊いてきた。

「アンナ、なんと言ったらいいか……こいつは、何だかものすごく場違いな感じがしますね。あれは何の種ですか？」

「正式に調べないと何とも言えないけれど、初めて見た感じでは、ホモ・サピエンスより古い時代ですね。そうすると、少なくとも二十万年前より昔にいた種だと思います」

「なぜそこまではっきり言えるんですか？」ダニーが驚いた。

「大きな眉弓とか、いくつかわかりやすい特徴がありますからね。ホモ・サピエンスが地球上に現れたのは、今から約二十万年前です。それ以前の種は、骨ばったひさしを持っていて、それが今で言う建物の梁《はり》の役目をしていました。つまり、非常に弱い頭蓋骨を、そうやって補強していたんです。ところが、脳が大きくなると同時にそれがなくなり、代わりに額ができました。ウィレムスの眉弓は、数十万年は遡れそうでも、二百五十万年は越えていません。それに、頭蓋骨の大きさが、アウストラロピテクスほど小さくない。そうすると、十五あると言われているホモ属のうちの、ハビリス、エルガステル、エレクトス、ハイデルベルゲンシス……これだけ並べたら十分ですね。このうちのどれかだと思います」

「ひとつに絞ることはできますか？」

「大変そうですが、やってみましょうか……」

アンナはウィレムスの気を引くため、指で監視用の窓を叩いた。すると彼もガラスに顔を貼りつけた。力強い歯がむき出しになり、ハンマーの形に似た臼歯が見える。音がしなくなったからか、ウィレムスは足をひきずりながら行ってしまった。室内には、ひまつぶし用のクッションとプラスチック製の積み木が用意されている。怪我をしないよう、積み木はそれなりに大きい。ウィレムスが上の空でそれをひとつつかみ、ひどくたいくつそうに適当に放りなげた。

アンナはさらに集中して、観察を続ける。

「完全な二足動物だわ」

「僕にも説明してくれるかい」息がかかる距離まで来てルーカスが言った。

「ホモ属は約三百万年前に現れ、ヒト科に分類されています。ホモ・エレクトスは、今から百五十万年から十万年前まで、アジアとアフリカに生息していました。ケニアで彼らの足跡が発見され、その結果、かかとから足の親指に体重を移動させながら歩いていたことがわかったんです。ホモ・エレクトスは〈直立するヒト〉という意味です。その名が示す通り、わたしたちにそっくりの、わたしたちの最初の祖先なんですよ。彼らにも、まっすぐに伸びた脚と、上半身に対してバランスのとれた短い腕があります。身長はわたしたちより低くて、一メートル五十センチくらいですね。たくましく、持久力があり、当代の一流マラソン選手にも引けを取りません。あれを見てください。ウィレムスには眼窩上隆起《がんかじょうりゅうき》もあります。下顎はサルのように突顎《とつがく》で、頭を回すと頭蓋骨がテントのような形になります。この特徴はわかりやすいですね」

アンナは感慨深く言った。

「やはり……ホモ・エレクトスだと思います」

「本当に？」

実際のところ、ルーカスはまったく驚かなかった。ウィレムスの面倒をみている医師団も同じ仮説にたどりついていた。その確証が欲しかったのだ。

「わたしは人間の古生物学が専門ではないので、CTを撮ってニコラ・バランスキーに送ってみてください。彼なら確信を持って答えられるはずです」

「医療チームに提案しておこう。さてと……ふたりとも、この防護服を着てマスクをつけてください。ウイルスはエアロック室を通過できないが、念には念を入れておきましょう。何かあっても僕がいるので心配しないでください」

電気棍棒を握ったままルーカスが言った。ふたりの茫然とした顔を見て、彼は表情を和らげた。

「これは使わないと思いますよ。ウィレムスはおとなしいから。念のためです」

「攻撃性を示したことは一度もないんですか？」アンナは尋ねた。

「入ろう、自分で確認するといい」

エアロック室は、室内の汚染された可能性のある空気が流出しないように、外に比べて軽い負圧になっていた。

個室に足を踏みいれる瞬間、うしろにいるダニーがためらっている様子だった。それでも三人で中に進むと、ウィレムスがサルに似た顔を上げて、ダニーを見つめた。表情はまったく読めない。

「何か伝えたいことがあるんでしょうか」

ダニーはそう言いつつ、思い切って前に出る。すぐにウィレムスが立ち上がり、手に握った人形を振りまわしながら、まっすぐダニーのほうに向かってきた。

「怖がらないで。物々交換です」ルーカスが小声で説明した。「お返しに、何かプレゼントが欲しいんですよ」

「先に言っておいてください……」

ダニーはプロトコールを忘れ、防護服を開けてポケットからチューインガムを出した。ウィレムスがそれを乱暴につかみ、調べようともせずに寝具の上に投げる。

「捕鯨調査船で感染した乗組員たちも、同じように素直なんです」ルーカスは続けた。「僕としては、こちらが静かにしている限り、彼らを恐れる必要はないと思います。彼らはこのウイルスに感染したことで、子供時代に戻ったように見えますね」

「人類の子供時代ですか……」思いがけず感動してダニーがつぶやいた。

「本当に、そんな感じですよ」

＊　＊　＊

面会が終わるとルーカスはすぐ仕事に戻り、アンナとダニーは病院のカフェテリアで昼食を取った。そろそろ帰り支度を始める時間になって、アンナはふっと息を吐いてから、帰宅を明日に延期したいとダニーに申し出た。詳細は省いて、ただ、緊急で調べることがあるとだけ説明することにした。幸運なことに、ダニーもシェルターに買っていくものがあったため、願いは快くかなえられた。本当のことは言えなかったが、実は、ルーカスに夜の時間をつくってもらうためにしたことだ。彼自身は、自分といることが気まずい様子だったが……。

あの日、最初の眩暈に襲われて以来、アンナはできる限りストレスを避ける努力をした。だが、症状が出た以上は、パリ行きの飛行機を遅らせる羽目になろうと、ルーカスに地下室で起こったことを打ち明けなければならない。彼なら助けてくれるだろうし、いずれにせよ、ほかに頼れる人はいなかった。ダニーは素晴らしい人間だが、十分すぎるほど迷惑をかけている。それに彼が一番に守るべきは、当たり前だが家族だ。

（今さらどうしたの、アンナ？　感染していればもっと前にわかったはずじゃない。ばかな真似はやめなさい！）

頭ではそう理解していても、アンナは不安を抑えることができず、理性を失いかけていた。悪夢じみた妄想に取りつかれ、もはや科学者ではなく、恐怖でがんじがらめの少女のようになっている。

いっぽうのルーカスは、この日もいつものようにスタッフ会議やビデオ会議をこなしていた。やるべきことが山積みで、いまだにキャシー・クラップとも面会できていない。とにかく時間に追われていたのだ。

それでも彼は、アンナからかかってきた電話にすぐ出ただけでなく、個人的に会いたいと言われれば何のためらいもなく受け入れ、自分のオフィスに案内した。


扉を開けたとたん、ルーカスに心配そうに見つめられて、アンナは不安になった。

（まさか、何か気づいた？）

「どうしたんだい、アンナ？　徹夜明けでもそんな顔色じゃなかったのに。何かあったのか？」

「ええ。実は、ウィレムスの地下室でちょっと……。心配させたくなくて、どうしても言えなかったんですが、わたし、あの時、トリの爪で怪我をしてしまいました。ほんのかすり傷ですけど……」

ルーカスに動じた様子がないので、アンナは目をふせて言葉を続けた。

「本当は、死ぬほど怯えています」

さすがにルーカスの顔色が変わった。それでも冷静さを失うことなく、落ち着きはらって言う。

「わかった。気分はどう？」

「一昨日、具合が悪くなって眩暈がしました。でもそれだけです。意識は失っていません」

「〈クルーガー・ウイルス〉に感染していたら、もう昏睡状態になって……目覚めている頃じゃないか？」

「そうですよね……。ただ、どうしても頭を離れないんです。症状の弱いタイプなんじゃないか、かすり傷程度だったから、感染に時間がかかるのかもしれない、って」

「アンナ、きみはたぶん大丈夫だよ。でも、万が一を払しょくするために、血液検査をしておこう」

「ウイルスが変異体だったということは？　感染力が弱いタイプとか」

「そうは思わない」

ルーカスははっきり「違う」といわなかった。万が、一という言葉が、ミツバチの群れのように頭の中でぶんぶんと旋回している。

（万が一、万が一、万が一……）

リスク体系において、万が、一とはどの程度のことを指すのだろうか？

アンナはルーカスのあとについて採血ブースに入った。彼は血を抜く前に、両手にグローブと、鼻の付け根から顔の下半分まで隠れるマスクをつけた。その上にある皺の寄った目元が、愛撫するように優しい。怖くて泣きそうだったが、彼女はどうにか持ちこたえた。採血が終わると、彼はアンナを部屋に残し、しっかりと扉を閉めて出ていった。

（鍵をかけたの？　ウィレムスみたいに、わたしを無菌室に閉じ込めようとしている？）

今ならヤンに電話をかけられたはずなのに、アンナにはその気力がなかった。結局、帰国できることもメールが嬉しかったことも直接伝えられず、今回もこうしてひとりきりで怯えているしかない。

それからの六十分は、永遠に続くように思われた。アンナは自分の身体が変化し、額が飛びでて、筋肉が萎縮するのではないかという想像が止められなかった。肉体が変わっていくにつれて何を感じるのだろう？　感染者はみんな苦しんだのだろうか？　アイデンティティーが奪われることを嘆く意識は残っているのだろうか？　それから？　それから彼らはどうなった？　食事を与えられ、日常の世話をされ、行動を事細かに観察されるのか？　プラスチック製のおもちゃの前で途方に暮れたまま、何の夢を見るのだろう？

ルーカスが戻ってきた。マスクはつけていない。アンナは悲鳴をこらえることができなかった。

「大丈夫だよ、アンナ。きみは〈クルーガー・ウイルス〉に感染していなかった！」

アンナが立ち上がろうとしてよろめいた。ルーカスはアンナに駆けより抱きとめた。彼女から、レモンを感じさせるオーデコロンの香りが漂う。彼に強く抱きしめられて、アンナは息ができなかった。彼女は胸に迫る思いをうまく口にできず、ただ首を振った。

「ありがとうございました。本当に怖かったんです。おかげで――」

「アンナ、僕らはもう、敬語ぬきで普通に話していいと思うんだが、どうだろう？」

「……そうね、そうしましょう」

「本当によかった。自分を許せなかったよ、もし……ああ、この話はもういいね！」

ふたりはそっと、ぎこちなく離れた。アンナは突然、痛いほど不適切な欲望を覚えた。彼はどうなのだろう？　ルーカスは何も言わず、ただアンナをじっと見つめ、それからうなずいた。その表情に、気まずさと当惑のようなものが浮かんでいる。

「感染はしてないが、ＨＣＧベータホルモンの値が異様に上昇している」

「どういうこと？」

「新しい部屋を準備しなきゃならないということだね」

アンナは動揺がおさまらないまま、わけがわからずルーカスを見つめた。それから、はっとひらめいて飛び上がった。

「つまりわたし……妊娠している？」

「そうだよ、四カ月になる」

ほんの一瞬、喜びの悲鳴をあげたらいいのか、倒れるべきなのかわからなくなった。赤ちゃんができたのだ、感染症ではなくて。ヤンの子供。それも四カ月！

ただ、そのあとに浮かんできた思いにアンナはとまどった。

（よかった、父親についてはまったく疑わなくていいんだわ）

それから、自分の中で動くルーカスを思い出し、赤くなった。

（あれはたった一度のあやまち……）

アンナは心の中でそう誓った。

「最後にひとつだけいいだろうか。妊娠が異常事態でないにしても、一週間は帰国を延ばしたほうがいい。きみは今疲れている。ここ最近は特に、自分自身のことがおろそかになっていたから、休息が必要だ」

「わたしがじっとしていられないことは、あなたもよく知っているはずでしょう」

「アンナ！　一週間だ、そんなに難しくないだろ？　その一週間で、僕のために報告書を書いてくれ。頼むから」

「わかったわ。でも、条件がふたつあるの。まず、妊娠のことは誰にも言わないで。それから、どこかにホームステイ先を見つけてちょうだい。病院に泊まるなんで絶対にいや」

「よし、決まりだ！」ルーカスがゆったりと笑った。

敬語という些細な枷《かせ》がなくなり、アンナは互いの距離が近くなったように感じた。

ルーカスの携帯電話が鳴っている。通話を押したあと、彼は「はい、はい」と繰り返しながら、約束があることを、アンナに身振りで伝えてきた。部屋を出る彼を見送りながら、アンナは、ふたりが分かちあった衝撃的な喜びは忘れられたようだと思った。

妊娠したことをヤンに伝えなければならないが、今すぐではない。少なくとも、箝口令が敷かれている間はだめだ。ただ、ある意味では箝口令があってよかったのだろう。メールや電話では伝えたくない。特に、ノイズが混じったり、通信障害でぶつ切りにされたりする状態で話したくなかった。それに、自分が黙り込んでしまう可能性もある。アバンチュールの痕跡を消すには、まだもう少し時間が必要だった。いや、あれはアバンチュールですらない。すでに消えてしまった一夜の夢――。

二

記者発表から一週間がたち、世界は疑念と妄想の間を行ったり来たりしている。それでも、ショックの波はまだ頂点に到達していないことをステファンはわかっていた。ＷＨＯが持つすべてのデータに、ほぼすべての加盟国がアクセスしてきたが、内容が薄く不確かで、それがまたフラストレーションをもたらした。

こうした中、ステファンは危機管理室のメンバーを集め、いきなり本題に入った。

「ニコラ・バランスキーからＣＴについてのコメントが届いた。彼は、アンナ・ムニエの意見を支持している。骨格から判断して、ウィレムスはホモ・エレクトスだ。感染した乗組員たちを受け入れた日本の医師団も同じ結論に達している。〈クルーガー・ウイルス〉は人間を百五十万年前に退化させるようだな」

「ほかの種に比べると、遡りの年数が少ないですね」困惑してドリアンが反応する。

「そうだな。何か意味があるんだろうが……」

「ひとつ思いついたことがあります」ガブリエラが言った。「汚染された種の統計を取ったところ、法則が見えてきました。つまりプ、リ、ミ、ティ、ヴ、であればあるほど、時間を多く遡る傾向があります。トリは一億年、ゾウが二千万年、ヒトが二百万年弱、というところでしょうか」

「おもしろい、非常におもしろいぞ、ガブリエラ！　男子諸君、この方向できみたちは掘り下げてくれ。トーマス、世界情勢について説明してくれるか？」

指名を受けたトーマスは、深刻な顔で話しはじめた。伝えるべきニュースが、楽しいものではなかったのだ。

「アフリカと東南アジアで感染が確認されてからまだ一週間もたっていないのに、今では感染地域が十カ所に広がっています。世界のすべての大陸が感染しました」

彼のうしろの巨大スクリーンに、眩暈を起こしそうなほど赤い光が点滅している。トーマスが陰気な口調で続けた。

「今回の感染症は、これまであったどのパターンとも似ていません。ウイルスは、自発的かつ無秩序に繁殖しています。現在の患者数は、千百六十三人。症状はすべて一様で、筋肉の痛み、発熱、皮膚からの出血、そして〝軽度〟の昏睡という流れです。一連のサイクルは三十六時間から七十二時間を要し、この間に肉体が変化します。そのあとはみなさんご存じですよね。意識を取り戻した時に、感染者は〈先史時代〉の様相を呈しています。この速さこそが〈クルーガー・ウイルス〉の主要な特徴のひとつでしょう」

「ありがとう」ステファンは礼を言った。「感染経路については、今のところ、ある労働者の証言しか得られていない。この患者は『ネズミに刺された』とだけ妻に言うことができたそうだ。まあ、うわ言だということだったが」

ドリアンが発言を求めて、学校の授業でするように指を上げた。彼の身長なら、老けて見えることを悩んでいる児童で通用するかもしれない。

「僕がこの謎を説明できると思います」

彼は隣のオフィスに行き、恒温キャビネットを持って戻ってきた。

「今日はおまえがビールをおごる番か？」ミニ冷蔵庫のような形だったので、トーマスがからかった。

「あんまりそばに寄るんじゃない、欲しがってもあげないよ」

ドリアンはグローブをはめてカバーを開けた。冷気が逃げて、オフホワイトの渦巻きに落ち着く。キャビネットからそっと取りだされたガラスの容器の中に、生気のないかたまりが見えた。

「みなさんに我々の敵、第一号をご紹介しましょう。こちらが〈クルーガー・ウイルス〉ヒト型株のベクターです」

渦巻きが散り、ずんぐりしたラットが現れた。

「ご覧いただいているのはドブネズミです。少なくとも、見たところはね。リチャーズベイから出航した貨物船の中でつかまえられた固体です」

「なんで見たところは、ねなんて言うの?」ガブリエラが尋ねた。

「なぜなら、理由は……」

ドリアンは、モバイルプロジェクターを付けた携帯電話を取りだして、スクリーンにラットのうしろ足のズーム画像を映した。くるぶしのところに、骨を突き破って出てきたような針が見える。闘鶏のケズメ、あるいは鋼鉄のシックスフィンガーに似ていた。

「写真はこいつを捕獲した研究所が撮りました。韓国の港湾都市である釜山の、保健・生物分析センターです。南アフリカを出航した貨物船の目的地でした」

「結論は?」形式的にステファンが尋ねる。

彼の報告がまったく気に入らなかった。ラットだなんて! 疫学者にとっては最悪の悪夢としか思えない。

「こいつのDNAは、遺伝子的にドブネズミとまったく違いがありません。ただ、それは至極当然のことなんです」

「つまりこれは——」

「わかりやすく言うと、ラットの退化バージョンですね、八千万年遡った太古の姿です。

今の時代のカモノハシと同じで、うしろ足に毒針を持っているんですよ……」

　ステファンは絶句して、沈痛な面持ちで顔を上げた。あとのふたりは、黙って続きを待っている。

「確証を得るため、今朝早く、アンナ・ムニエに電話で意見を求めました。彼女はラットのこの現象が、ある仮説に合致すると言っていました。最初の哺乳類は毒を持っていた、という仮説です。アフガニスタンで、似たような針を持つ齧歯類《げっしるい》の骨が見つかったことで、研究に火がついたらしいですね」

「なるほど！　まとめると、恐竜を前にして、小動物が化学兵器を持ったんだな！」どうにか雰囲気を和らげようと、トーマスが叫んだ。

「ただしこのラットは、ばかでかい恐竜を倒したいわけじゃない」ドリアンが応じた。

　ステファンは打ちのめされた。

「なんということだ、できれば別のベクターにしてほしかったよ！　いったいどれほど危険なペストになるのか……。よし、みんな、今進めていることを中断して、この線で調査を始めてくれ」

三

九月三日
太平洋
アタラント号

ヤンは鈍い物音で目を覚ました。誰かがキャビンの扉を叩いている。顔をゆがめて立ち上がり、額をこすった。頭に鋭い痛みが走り、熱っぽくて、高熱の前触れのように関節が痛む。床に転がるウイスキーの空き瓶が目に入り、がっくりきて頭を振った。

「開いてるぞ！」

扉の向こうに誰がいるか、訊かなくてもわかった。これまで、リュシーがプライバシーを尊重したことはない。彼女のことは気に入っている。気が利くし、素晴らしいダイバーだ。ただ、自分を十二歳の子供扱いして母親のようにふるまうところがあった。

リュシーがとがめるような表情で戸口に立っている。

「ひどい顔ね」

「おはようリュシー、おかげでよく寝たよ。おまえはどうだ？」

「悩みごと？」

「なぜそんなことを訊く？　俺はそこまでやばそうか？」

「ひとりで酔うなんてなかったから」

「酔ってない。帰国を祝ってたんだ……今何時だ？」

「七時」

「おまえ、頭がおかしいんじゃねえの？」

「アンナのせい？」

「リュシー……プ、リ、モ、まだ夜明けだ。セ、ク、ン、ド、他人のことに首を突っ込むなと言ったはずだ。アンナは絶好調だし、俺もそうだ。だから忘れろ」

「彼女を忘れたほうがいいのはあなたでしょ！」

言った瞬間に顔が真っ赤になったことを自覚して、リュシーはヤンが怒りを爆発させる前に手で制した。

「なかったことにして。言うべきじゃなかった。みんなが甲板であなたを待ってるわ。凄い生き物がいるから見たほうがいいわよ」

「わかった。だが、たいしたことなかったらおまえを殺す」

ヤンはバミューダパンツと昨晩と同じTシャツを着ると、ビーチサンダルをつっかけ、半分死にかけた状態で這うように通路を進んだ。船乗りにしてはあかぬけた船長が上甲板に立ち、双眼鏡を南の海上に向けている。

「あれを見ろ！」

船長が泡立っている騒々しいエリアを指差した。

（ザトウクジラ？　確かに今は繁殖期だが……まさかこれのために、俺をベッドから引きはがしたのか？）

泡立ちは渦になり、海中から超人的な力で投げとばされたかのように、一匹の獣が飛びでてきた。見たこともない流線型の胴体が巨大なヘビのように動き、キラキラと銀色の光を放つ。体に比べると頭だけひどく小さく、優雅な動きで海にもぐると、頭と同じように小さい尾ビレが見えた。

「くそっ、バシロサウルスじゃないか！」ヤンは一気に目が覚めた。

「何だって？」疑わしそうに船長が尋ねた。

「バシロサウルス、またの名は〈トカゲの王〉です。こんな呼び名でも哺乳類なんですよ。俺の彼女が古生物学者なもので……」

また、獣が海面に現れた。今度は分厚い絨毯の上にいるように、あおむけになってのんびり体をくねらせている。おかげで小さい腹びれがはっきり確認できた。ヤンは興奮のあまり叫んだ。

「バシロサウルスは、ノティール号にぶつかってきたあのパキケトゥスの子孫ですからね！　ちくしょう、三週間のうちに、二度も先史時代の動物にお目にかかれるなんて！　アンナに知らせないと！　俺がこの目で見たと知ったら、大変なことになるぞ！」

そのかたわらで、船長のほうは顔を曇らせていた。新たに安全上の指示が出され、港も封鎖されることで、数カ月は埠頭に足止めされることがほぼ確定している。しかも厄介なことに、新しい獣を発見した者はそれを知らせる義務がある。

「海軍に報告してくるぞ」

ヤンとリュシーはバシロサウルスに魅了されたまま、何も耳に入ってこない。尾でひと跳ねしただけで、獣はいきなりアタランテ号の右に現れた。船体に近づいてきて、そのまま海の底にもぐる。ふたりは右舷に行って浮上してくるのを待ったが、戻ってくる気配はない。波が小さくうねり、ざわめくように泡が湧いて、やがて消えてしまった。眩しさに目を細めながら探しつづけると、三十メートルほど先で海面がえぐれ、現れでてきたバシロサウルスが、数秒間ぴんと立った。どっしりとした輝く円柱のような姿が、まるでロケットか、鋼鉄製のトーテムポールに見える。やがて、獣は海の中に身を沈めると、そのまま消えてしまった。

　壮大な情景に圧倒されたヤンは、遠くに行かれてしまう前に、バシロサウルスをもっと近くから見ずにはいられなくなった。すかさず倉庫に走ると、リュシーもあとに続く。潜水服に手をかけたヤンを、彼女は止めに入った。

「いい考えとは思えない。体調が悪いのに、潜るなんてどうかしてる。行っちゃだめよ、また機会はあるわ」

「四千万年前の古生物と並んで泳げるかもしれないんだ。やるしかない」

「船長には何て言うの？」

「船長は今、手がふさがっている。戻ったら知らせよう」

「つまり、わたしたち《ヽヽヽヽヽ》を止められないのね」

「そういうことだ！」

　リュシーは一瞬ためらった。だが、ほんの一瞬だ。ヤンの言っていることは正しい。このチャンスを無視するなんてばかだ。先史時代の生き物と泳ぐなんて、おそらく世界初ではないか。

「わかった。でも、わたしの準備ができるまで待って。バディなしで潜るなんてとんでもないことよ、規則はわかっているわよね」

「ああ、そうと決まったら世紀のダイビングだ！」

四

危機管理室のメンバーからベクターに関する報告を受けたステファンは、最悪のシナリオが現実になりつつあることを実感していた。感染症は悪化の一途をたどっている。そしてついに、ジュネーヴでも感染者が見つかった。建物の地下室で汚水管を修理していた配管工がラットに刺されたと、昨晩知らせがあったのだ。

〈クルーガー・ウイルス〉を抑えられなかったのは、港湾都市の封鎖が失敗したことだけが原因ではない。ラットは元来あらゆる場所——地下室、トンネル、下水道、屋根裏部屋、屋根の真裏、換気ダクト、床下の通気口——に潜んでいる。文明化されたメガロポリスの中のこうした場所でも、人間の社会にかかわることなくひっそり生きているのだ。それならベクターになるのはラットが表通りで暮らす貧しい国だけということになりそうだが……。残念なことに、退化したラットはその子孫ほど慎重ではないようだ。そうすると、別の疑問が湧いてくる。先史時代のラットは、なぜ暗くじめじめした地下のすみかを離れ、人間を攻撃することにしたのか？

ドリアンの答えはシンプルだった。ラットの祖先と現代の子孫が戦争状態に陥ったことで、問題が拡大しているのだろう、と。

「拡大している、とは？」心配になってステファンが尋ねた。

彼は疲れ果てて、感染症を食い止める方法が見つかったという知らせが欲しくてたまらなかった。勢いを止められるなら、どんな方法でもかまわない。

「ラット同士の戦争は、すでに十八世紀のヨーロッパで起こっています。当時、アジアから来たドブネズミは、船から降りてクマネズミの陣地である市街地を襲いました。この時は、侵略者側のドブネズミが勝利を収めました。それが今、またもや同じような対立構造で争いが勃発したのです。すなわち、〈かつての侵略者と、その祖先である先史時代の動物〉という構造です。ドブネズミは先輩の割り込みを容認せず、ゴンフォテリウムを前にした現生ゾウのように、系統立った締めだしをかけたんですよ」

ガブリエラもこの意見に同調した。

「ドリアンの言う通りです。しかも、先史時代の獣のほうが戦いに負けつつあります」

「それが我々にとって悪いことか？」

「待っているのは最悪の事態ですね。ドブネズミに追い払われたら、先史時代のラットは地上に避難しなければなりません。おわかりだと思いますが、そこには人間が住んでいます。問題はまだありますよ。ドブネズミが祖先の撃退に成功したところで、一度でも先史時代の動物に噛まれてしまえば、群れ全体が感染します。実は、一般的な統計に〈大都市における住民とラットの比率〉という項目があるんですよ。多くの大都市、特にパリではかなり前から状況が深刻化していて、ラットの数が激増しています。このうちの十分の一が感染するとして……年間で、メスのラット一匹につき赤ちゃんラットが二十から三十五匹ほど生まれますから……近いうちに数百万の〝毒針ラット〟が世界の首都を闊歩することになりますね」

「私をからかっているのか？」

「そう見えますか？」

「……いいや」

投稿サイト

ミュータントラットに気をつけろ！　奴らは刺すぞ！

十分前　コアラマスター

なんだそれは？　Ｂ級映画か妄想か？

七分前　セイヴザプラネット

いいか、ミュータントラットが〝ミュータント人間〟の元凶なんだ！　毒針に刺されるとエレクトスにされるんだよ！

七分前　コアラマスター

おっと、今回は誇張じゃないようだな、コアラマスター。

五分前　セイヴザプラネット

でも……ラットなんてどこにでもいるじゃない？

五分前　ミスピンク

理解が早いね、ミスピンク。ラットは全部未来のエレクトスだ。銃で撃ってもいいだろう？

四分前　コアラマスター

ああ、助かる。エコロジストに自殺願望はない。

四分前　セイヴザプラネット

やめてよ、すごく落ちこんでるのに！

四分前　ミスピンク

心配するな。刺される前に餓死するぜ。

三分前　コアラマスター

何よそれ。それであたしを安心させようっての？

三分前　ミスピンク

何の話だ？

三分前　セイヴザプラネット

友だちがスーパーの購買センターで働いているんだ。この一週間、商品がパラパラとしか届かないんだとよ。

二分前　コアラマスター

どういうこと？　ラットとどんな関係があるの？

二分前　ミスピンク

港の閉鎖だ。もう食い物も缶詰も回ってこない。

一分前　コアラマスター

在庫はあとどれくらいもつ？

一分前　セイヴザプラネット

何とも言えないが、おまえがシリアルバーとドライフルーツが好きなことを祈るよ。一カ月後はたぶんこれしか残ってない。

現在　コアラマスター

五

《一カ月後はたぶんこれしか残ってない》

〈セイヴザプラネット〉ことジェレミー・モンスは、漠然とした不安にさいなまれたまま、パソコンのモニターをにらみつけた。彼は退勤前の時間帯に、パリ植物園の事務所で報告書を書きながら、こうして投稿に励むのが日課になっている。

（せっかくの夜だってのに、台無しにしやがって！）

チャットを始めたきっかけは、英語の勉強のためだった。たまたま英語で話をするグループを見つけたので、興味本位で参加してみたのだ。投稿を続けるうち、メンバーはほぼアメリカ人だとわかったが、逆に誰も〈セイヴザプラネット〉が気取ったおフランス人だと気づかず、ちょっと気が弱い同国人だと思っているのが愉快だった。そうこうするうちに例の動物が現れて、完全にのめり込んでしまった。先史時代の動物による感染症は、今までジェレミーが恐れていた地球温暖化、土壌汚染、放射能関連の大災害などとは、比べものにならないほど恐ろしかった。

彼は、パリ植物園にある研究用小動物園で飼育員として働いている。しかも、同じ敷地内にある自然史博物館から伝えられる情報によって、先史時代の動物が台頭してきていることは完全に把握しており、現状に危機感を抱いていた。だから、〈コアラマスター〉がいけすかない奴だとしても、退化した種を調整する必要性に触れて、駆除まで視野に入れたのは正しいと思っている。だが、奴はひとつだけ間違えた。地球上の全ハンターを動員できたとしても、すべてのラットをつかまえることは不可能だ。ラットはそれほど頭が回る。

ジェレミーは習慣というより、もはやあおるためにキーボートを叩いた。

その言葉が正しいとわかるまで、噂を広めないことだ、コアラマスター。そうでないと善でなく悪の手先になる。

現在　セイヴザプラネット

投稿すると、ジェレミーはすぐにパソコンの電源を落とした。時刻は十九時三十分をまわっていた。すでに退勤時間を大幅に過ぎている。今晩はシャルロットとのデートが控えているのだ。レアと別れてから、何年ぶりだろうか？

実際、元パートナーのレアからの連絡が途絶えて、もうずいぶんになる。今頃彼女は、ヨガ道場でマントラを唱えながら吸って吐いてを繰り返しているか、自由と友愛を説きながらあちこちを転々としているかだろう。レアが出ていったあと、ジェレミーは、隣の部屋に越してきてくれた母親のノナに頼りきりになっている。

彼はヘッドホンをつけると、プレイリストの世界にひたりながら足早に家路についた。頭の中では、情勢が悪化したら娘のクロエをどうやって守ったらいいかという心配が、いつまでもループしていた。

家に着くなり、彼はクロエの部屋に駆け込んだ。

「ご機嫌はどうだい、かわいこちゃん？」

娘は顔を上げて、ブロンドの前髪の下から黒い瞳をのぞかせた。ピンクのパジャマを着て、おもしろがるように、わざと怒った顔をしている。

「かわいこちゃんじゃないもん、わたしクロエだもん」

「知ってるよ。でも、クロエがあんまりかわいいから、間違えちゃうんだ」

「学校の先生は間違えないのに」

「だから学校の先生なんだよ。先生は絶対間違えないんだ」

「ほんと？」

「もちろんさ。おいで、おばあちゃんが呼んでる」

ジェレミーは腹が減っていた。テーブルにつくとノナが言った。

「よく味わって食べなさい。これが最後のパスタだよ。しばらく食べられないからね」

「もうないの？」

クロエは父親のほうを向き、大きく見開いた目で本当なのかと尋ねている。

「いいかげんにしてくれよ、母さん。怪しい話でクロエを怖がらせないと決めたはずだろ？　この子はまだ六歳なんだぞ」

ふたりが言いあっているところに、クロエが割って入った。

「パパ、今日の夜にテレビでまた時代の動物を見てもいい？」

「今日の夜はだめだ。パパは出かけなきゃならない。おばあちゃんが本を読んでくれるってさ」

娘にそう返事をしながら、ジェレミーは母親をねめつけた。

「ねえパパ、ほんとかな？　そのうちみんな共食いを始めて、残っているのは時代の人だけになるんだって。その人たちは狩りができるからなの」

「わかった。よし、パパと一緒に寝よう。寝る前に本当のことを教えてあげるよ。それからね、時代の人じゃなくて、先史時代の人って言うんだ」

＊　＊　＊

二十一時三十分、ジェレミーは地下鉄の入り口まで来たところで、シャッターが下りているのに気づいた。ほんの一瞬、今日は祝日だったのか？　と考えたのは、事実を認めたくないからだろう。隣の駅まで歩いても状況は同じだった。シャッターが下りているのに、公団からはビラ一枚もない。

彼は不本意ながら歩きで行くことにして、四十五分後にようやく、電飾で派手に飾られたパブ〈カウズガン〉の店内に入った。人混みをかきわけながら奥に向かう途中、ポケットの中で携帯電話が震えた。母親からメッセージが届いている。

『クロエは寝たわ。嫌な気持ちにさせてごめんなさい。約束に間にあえばいいけど』

ジェレミーは母親を恨めしく思っていたが、長くは続かなかった。店内を見回しても、シャルロットの姿は見つからない。

『大丈夫、まだ来てないようだ』

『もしかしたら、もう帰ってしまったのかしら……』

『移動が大変なんだよ。今夜のパリは地獄だ。地下鉄の駅が全部封鎖されている』

シャルロットが到着した時にすぐ気づけるよう、彼はカウンターで待つことにした。クロエを引きとり、ほぼ息子の家に入りびたりの母親と一緒に娘を育てるようになってから、女性との付きあいはまったく考えなくなったのだが……。シャルロットのことは本当に気に入っていた。出会ったのは先月で、その時彼女は小さな男の子を連れて動物園に現れ、ジェレミーはレッサーパンダに餌をやっていた。彼女は彼に息子のレオンを紹介してくれて、彼はレッサーパンダのローズマリーとガスパールを紹介した。それから、ふたりは環境保護団体の〈グリーンピース〉や、お気に入りの渡航先の話で意気投合して、電話番号を交換したのだ。その後にやりとりしたメッセージは、百通を下らない。

また携帯電話にメッセージが届いた。こんどこそ彼女からだった。

『ジェレミー、今晩は行けそうにないの、ごめんなさい。ものすごく迷ったけど、エレクトスや毒針ラットの話を聞いたら、レオンとパリを離れたほうがいいと思ったのよ。約束する、全部片がついたらまた〈カウ〉で会いましょう。その時はわたしがおごるわ(^_^)
シャルロット』

急に恐ろしいほどの孤独に襲われ、ジェレミーはビールを一気に飲みほした。また歩いて帰るのかと思うとうんざりする。ふと、ドーム状の天井を見上げた。乾いた石の壁面に湿気の輪が滲んでいる。ここでようやく気づいた。ラットはこういう地下のじめじめした場所に目がない。

（……ラット）
ジェレミーは慌てて出口に向かった。

地下鉄が二十時をもって閉鎖されたあと、駅構内には、先史時代のラットが大挙して押しよせていた。毒針ラットの大軍は、八号線のルドリュ＝ロラン駅まで来たところで三つに分裂。そのうちのひとつが、数千のかたまりのまま隣接する地下水路に入り、分岐ごとに分裂を続ける。やがて三十匹ほどになった小集団が外に出ようと、小さな柵に次々とぶつかっていく。そしてついに、柵は重みで倒れてしまった。

店内があまりに騒々しく、〈カウズガン〉の客は足元を走る毒針ラットの存在をすぐには気がつかなかった。と、若い女性客が床に落としたイヤリングを拾おうとして、恐怖に凍りつく。

彼女が叫び声をあげようとした瞬間、一匹目のラットが足元から駆け上がった。


階段を上がり切ったところで悲鳴が聞こえ、ジェレミーは手すりから身を乗りだして下をのぞき込んだ。若い女性が、大勢のグループ客をかきわけるようにして前に進んでいる。ジーンズのひざあたりに、五匹のラットがしがみついているようだ。暗がりにもかかわらず、ジェレミーには彼女のすがるようなふたつの青い瞳が見えた。視線が助けてくれと訴えているのに、誰も動こうとせず、進む先に道だけができていく。

彼女が階段の一段目まで来た時、ジェレミーは自分が何もできないことを悟った。あんなふうに正気を失っていては、助けたとしても共倒れになってしまう。本人も助けてもらえないことを悟ったらしく、覚悟を決めたようだ。ラットを払い落とし、ハイヒールのかかとでガツガツ踏みつぶして、ついに一匹を串刺しにした。これで自信をつけたのか、彼女はヒステリックにわめきながら、さらに動きを激しくし、腕を振って叩いてラットをは